Publié pour la première fois en 1952, Philip K. Dick (1928-1982) s'oriente rapidement, après des débuts assez classiques, vers une science-fiction plus personnelle, où se déploient un questionnement permanent de la réalité et une réflexion radicale sur la folie. Explorateur inlassable de mondes schizophrènes, désorganisés et équivoques, Philip K. Dick clame tout au long de ses œuvres que la réalité n'est qu'une illusion, figée par une perception humaine imparfaite.

L'important investissement personnel qu'il plaça dans ses textes fut à la mesure d'une existence instable, faite de divorces multiples, de tentatives de suicide ou de délires mystiques.

FOLIO SCIENCE-FICTION

Philip K. Dick

L'œil de la Sibylle

Traduit de l'américain
par Emmanuel Jouanne
Traduction révisée
par Hélène Collon

Denoël

Cet ouvrage a été précédemment publié dans la collection
Présence du futur aux Éditions Denoël.

La bombe atomique
sera-t-elle jamais mise au point
et, si oui, qu'adviendra-t-il
de Robert Heinlein ?

Titre original :

WILL THE ATOMIC BOMB EVER BE PERFECTED,
AND IF SO, WHAT BECOMES OF ROBERT HEINLEIN

paru dans Lighthouse, *n° 14, octobre 1966.*

J'ai récemment pris une nouvelle dose de L.S.D.-25, et le résultat a été que certaines idées ennuyeuses mais insistantes sont venues s'insinuer dans ma tête. Je vais en exposer quelques-unes ici, sous une forme chaotique. Si vous les trouvez toutes fausses, tant mieux pour vous. Si vous les trouvez toutes vraies, tant mieux pour vous aussi.

La véritable origine de la science-fiction se trouve dans les romans d'exploration de pays fabuleux du XVIIe siècle. Par conséquent, le récit de voyage dans la lune de Jules Verne n'est pas de la S.-F. parce qu'ils se déplacent en fusée mais à cause de *l'endroit* où ils vont. Ce serait tout autant de la S.-F. s'ils s'y rendaient grâce à un élastique.

Très peu d'histoires de S.-F. deviennent vraies. Heureusement. Des textes comme « Waldo[1] » sont des anomalies et ne prouvent rien.

1. Dans l'histoire qui porte ce titre, Robert A. Heinlein imaginait un système de bras articulés télécommandés, le « waldo », qui permettait la manipulation de substances radioactives en reproduisant les mouvements d'un technicien à l'abri derrière

En raison des lancements actuels de sondes vers Mars, etc., le grand public consent enfin à considérer la S.-F. comme raisonnable. Il a cessé d'en rire, mais il n'a pas commencé à en lire. Il ne le fera probablement jamais, parce que lire est trop difficile pour tous ces gens-là. Mais nous savons maintenant que nous avions raison. (Bien sûr, nous le savions tout du long. Mais ça fait du bien de le voir prouvé.)

Personne ne gagne vraiment d'argent avec la bonne — je répète, la *bonne* — S.-F. Cela indique probablement qu'elle a une valeur artistique. Si Lorenzo de Médicis était vivant, il se mettrait en frais pour A. E. van Vogt, pas pour John Updike.

Le meilleur roman de S.-F. que j'aie lu est *Le Pianiste déchaîné* de Kurt Vonnegut. Parce qu'il traite vraiment des rapports hommes-femmes (Paul Protéus et sa garce de femme). À cet égard, le livre est unique dans le domaine. *Le Meilleur des mondes* donne seulement l'impression de le faire ; *1984* est épouvantable sur ce plan.

Si je devais déterrer un roman de S.-F. qui, plus qu'aucun autre, me ferait abandonner complètement la S.-F., ce serait *Gulf* de Robert Heinlein. Je trouve que c'est du fascisme pur et simple, et — ce qui est pire — présenté de façon rébarbative. Beurk.

Heinlein a plus nui à la S.-F. que n'importe quel autre écrivain, je crois — à l'exception peut-être

---

une vitre. Ce système, breveté depuis lors, est largement utilisé. *(N.d.T.)*

de George O. Smith. Il faut lire les dialogues de *En terre étrangère* pour le croire. « Donnez une boîte de cigares à cette petite dame », s'écrie un personnage, entendant par là que la jeune femme a dit quelque chose de correct. On se demande quelle serait la réplique s'il fallait répondre à une remarque vraiment inspirée plutôt qu'à une déclaration de routine ; elle ferait probablement éclater le gosier du bouquin.

J'ai lu autrefois dans *If* une superbe nouvelle d'un auteur inconnu nommé Robert Gilbert. C'était de la poésie, de la beauté, de l'amour, et je lui écrivis pour le lui dire. Il me répondit et me dit qu'il avait écrit l'histoire en écoutant les disques de Harry James.

J'ai commencé à lire de la S.-F. en 1941. Je suis vieux.

Il y a une manière précise — et une seule — qui permet de déterminer que l'on devient vieux. C'est lorsque les magazines de S.-F. que l'on a achetés neufs au kiosque au moment de leur parution ont commencé à virer vers la même couleur jaune que ceux que l'on a acquis comme pièces de collection dans des boutiques spécialisées... c'est-à-dire déjà anciens.

Est-il possible que Lovecraft ait vu la vérité ? Que les royaumes et les horreurs qu'il a décrits, par exemple dans *L'Affaire Charles Dexter Ward*, existent réellement ? Imaginez-vous prenant une dose de L.S.D. et vous retrouvant à Salem. Vous deviendriez fous.

La religion ne devrait jamais se manifester en

S.-F., excepté sous l'angle sociologique, comme dans *À l'aube des ténèbres* de Fritz Leiber. Dieu *per se*, en tant que personnage, ruine une bonne histoire de S.-F. ; et c'est aussi vrai pour mes propres trucs que pour ceux de n'importe qui. Et donc, de ce point de vue, je regrette mon livre avec Palmer Eldritch. Mais les gens qui ont un penchant pour le mysticisme l'aiment bien. Moi pas. Je souhaiterais ne l'avoir jamais écrit ; trop de forces hideuses y sont lâchées. Quand je l'ai écrit, j'avais pris certaines substances chimiques et je distinguais l'horrible paysage que je dépeignais. Mais maintenant non. Dieu merci. *Agnus Dei qui tollis peccata mundi.*

Avram Davidson me fascine — en tant qu'individu, je veux dire. C'est un mélange de petit garçon et de vieil homme très sage, et ses yeux sont toujours plissés comme s'il était un père Noël défroqué. Avec la barbe teinte en noir.

Je donnerai quinze *cents* à quiconque pourra imaginer Tony Boucher petit garçon. De toute évidence, Tony a toujours été comme il est maintenant. Mais il y a encore plus difficile à concevoir : l'étrange vérité selon laquelle il fut un temps où il n'existait pas de Tony Boucher du tout. C'est manifestement impossible. Je crois qu'il a dû toujours exister un Tony Boucher ; sinon celui que nous connaissons, alors quelque autre lui ressemblant beaucoup.

J'ai écrit et vendu vingt-trois romans, et ils sont tous épouvantables sauf un. Mais je ne sais pas vraiment lequel.

Si Beethoven avait vécu juste un an de plus, il serait entré dans une quatrième période de son talent en évolution. Nous pouvons imaginer cela en écoutant sa dernière composition : le finale alternatif pour le *Treizième quatuor*. Ce que nous ne pouvons pas imaginer, c'est : et plus tard, dans sa vieillesse ? Supposons que, comme Verdi, comme Haydn, il ait vécu et composé jusqu'à quatre-vingts ans. Sous L.S.D., j'ai la vision d'une septième ou huitième période de Beethoven : des quatuors à cordes avec un chœur et quatre solistes.

De toute la S.-F. que j'ai lue, une histoire continue de signifier plus pour moi que n'importe quelle autre ; c'est *Alas, All Thinking* de Harry Bates. C'est le commencement et la fin de la science-fiction cultivée. Hélas.

Pendant quinze ans, la totalité de la période durant laquelle j'ai écrit de la S.-F., je n'ai jamais vu mon agent et ne lui ai même jamais parlé au téléphone. Je me demande quel genre de personne c'est, à supposer même qu'il existe. Quand j'appelle à son numéro, sa réceptionniste dit : « Mr. Meredith n'est pas là en ce moment. Voulez-vous parler à Mr. Rip Frimble ? » Ou quelque autre nom improbable. Sur la base de quoi, lors de mon appel suivant, je ne demande pas Mr. Meredith mais Mr. Frimble. Alors la réceptionniste dit : « Mr. Frimble est sorti, monsieur ; désirez-vous que je vous passe Mr. Dead ? » Et ainsi de suite.

Si je savais ce qu'est une hallucination, je saurais ce qu'est la réalité. J'ai minutieusement étudié le sujet, et j'affirme qu'il est impossible d'avoir une hallucination ; cela va à l'encontre de la raison et du sens commun. Ceux qui clament qu'ils en ont mentent probablement. (J'en ai moi-même eu quelques-unes.)

De temps en temps, un de mes voisins qui est suffisamment riche pour posséder une haie et qui est tout le temps en train de la tailler me demande pourquoi j'écris de la S.-F. Je n'ai jamais de réponse. Il y a plusieurs autres questions que l'on me pose mais qui n'obtiennent jamais la moindre réponse de ma part. Ce sont :

1°) Où trouvez-vous vos intrigues ?

2°) Est-ce que vous mettez des gens que vous connaissez dans vos histoires ?

3°) Pourquoi ne publiez-vous pas dans *Playboy* ? Tous les autres le font. J'ai entendu dire que ça rapporte un sacré paquet.

4°) La S.-F. n'est-elle pas essentiellement destinée aux gamins ?

Laissez-moi illustrer ce que je veux dire quand je déclare que je n'ai pas de réponses à ces questions. Je vais faire ici ce que je fais généralement.

Réponse au 1°) : Oh, euh, les intrigues ; eh bien, on peut les trouver presque n'importe où. Je veux dire, il y a quantité d'intrigues. Par exemple, discuter avec vous me donne une idée d'intrigue. Il y a ce mutant supérieur humanoïde, vous voyez, qui est obligé de se cacher parce que l'homme de la rue ne comprend rien à lui ou à ses buts supérieurs, évolués... etc.

Réponse au 2°) : Non.

Réponse au 3°) : Je ne sais pas. Je suppose que

je suis un raté. Quelle autre hypothèse pourrait-il y avoir ? Et c'était une vacherie de votre part de poser la question.

Réponse au 4°) : Non, la S.-F. n'est pas destinée aux gosses. Ou peut-être que si ; je ne sais pas qui en lit. Il y a en gros cent cinquante mille personnes qui composent le lectorat, et ce n'est pas un chiffre énorme. Et même si ça plaît aux gosses — et alors ?

Vous pouvez constater à quel point ces réponses sont faibles. Et j'ai eu quinze ans pour réfléchir à de meilleures réponses. Manifestement, je n'en trouverai jamais.

Le présentateur des infos télévisées annonce ce soir qu'un vieux monsieur de 91 ans a épousé une vieille dame de 92. Ça suffit à faire venir les larmes aux yeux. Qu'y a-t-il pour eux en magasin ? Quelle chance y a-t-il, chaque fois qu'ils ferment les yeux, qu'ils les rouvrent jamais ? Les petites et insignifiantes créatures silencieuses sont de loin plus belles et plus précieuses que Robert Heinlein le saura jamais.

La solitude est la grande malédiction qui menace un écrivain. Il y a quelque temps, j'ai écrit douze romans d'affilée, plus quatorze nouvelles pour des revues. Je l'ai fait par solitude ; c'était pour moi une forme de communication. Pour finir, la solitude devint trop grande et je cessai d'écrire ; je quittai ma femme d'alors et mes enfants d'alors et partis pour un grand voyage. Le grand voyage s'acheva dans le fandom de la région de la Baie, et pendant une brève période je cessai d'être seul. Puis cela revint, un soir, tard. Maintenant je sais que cela ne s'en ira jamais. C'est ma rémunération pour vingt-trois romans et cent nouvelles. Ce n'est la faute de personne. C'est juste comme ça que ça se passe.

Ma mère témoigne de son amour pour moi en découpant certains articles de magazines et de journaux, qu'elle me donne. Ces articles prouvent que les tranquillisants que je prends provoquent des lésions cérébrales permanentes. C'est beau, l'amour d'une mère.

Sous L.S.D., j'ai vu des couleurs radieuses, surtout les roses et les rouges ; ils brillaient comme Dieu lui-même. Est-ce cela, Dieu ? De la couleur ? Mais au moins, cette fois, n'ai-je pas été obligé de mourir, d'aller en enfer, d'être supplicié puis rendu au salut éternel grâce à la mort de Jésus sur la croix. Comme je l'ai dit à J. G. Newkom quand je n'ai plus été sous l'influence de la drogue : « Ça ne me fait rien de retraverser le Jugement dernier après ma mort, mais j'espère seulement que ça ne durera pas aussi longtemps. » Sous L.S.D., on peut passer 1,98 éternité, voire 2,08.

En quinze ans d'écriture professionnelle, je ne me suis pas amélioré d'un brin ou d'un iota. Ma première nouvelle, « Roug » est aussi bonne — sinon meilleure — que les cinq que j'ai faites le mois dernier. Cela me paraît très étrange, car durant toutes ces années j'ai certainement appris pas mal de choses sur l'écriture... et de surcroît mon stock de sagesse temporelle s'est accru. Peut-être n'y a-t-il qu'un nombre donné d'idées originales en chaque individu ; il les exploite et puis voilà. Comme un vieux joueur de base-ball, il n'a plus rien à offrir. Je dirai une chose en faveur de mon écriture, toutefois, que j'espère vraie : je suis original (sauf quand je copie mon propre travail antérieur). Je n'écris plus « comme Cyril Kornbluth » ou « comme A. E. van Vogt ». Mais dans ce cas je ne peux plus les blâmer pour mes propres fautes.

Un éditeur anglais m'a demandé de rédiger un baratin pour un recueil de nouvelles de moi. Dans ce pays-ci, c'est quelqu'un d'autre qui écrit ça, généralement quelqu'un qui n'a pas lu le livre. J'aurais bien aimé avoir commencé le truc en disant : « Ces nouvelles ennuyeuses et sans intérêt... », etc. Mais je suppose qu'il vaut mieux que je ne l'aie pas fait.

Ainsi s'achèvent mes réflexions.

Notes rédigées tard le soir par un écrivain de S.-F. fatigué

Titre original :

NOTES MADE LATE AT NIGHT
BY A WEARY SF WRITER

paru dans Eternity SF, *n° 1, juillet 1972.*

Et me voilà, à presque quarante ans. Il y a dix-sept ans, j'ai vendu ma première histoire, un grand et merveilleux moment de ma vie qui ne reviendra jamais. En 1954, j'étais connu comme auteur de nouvelles ; en juin 1953, j'avais sept nouvelles dans les kiosques, dont une dans *Analog*, une dans *Galaxy*, une dans *F & SF*, et ainsi de suite en descendant. Ah, 1954. J'écrivis mon premier roman. *Loterie solaire* ; il se vendit à 150 000 exemplaires puis disparut, pour ne reparaître que quelques années plus tard. Il eut de bonnes critiques, sauf dans *Galaxy*. Tony Boucher l'apprécia ; Damon Knight aussi. Mais je me demande pourquoi je l'ai écrit — celui-là comme les vingt-quatre romans suivants. Par amour, je suppose ; j'adore la science-fiction, à la fois comme lecteur et comme auteur. Nous qui en écrivons ne sommes pas cher payés. C'est la dure et affligeante vérité : écrire de la S.-F. ne paie pas et, les uns après les autres, soit les auteurs se tuent à essayer de gagner leur vie, soit ils quittent le domaine... pour en rejoindre un autre, sans rapport, comme Frank Herbert, qui travaille pour un journal et écrit pendant ses loisirs des livres de S.-F. qui remportent des Hugo. J'aimerais pouvoir faire ça : avoir un boulot sans aucun rapport et écrire de la S.-F. tous les soirs après le dîner ou tôt le matin. Alors la pression ne s'exercerait plus. Laissez-moi vous parler de cette pression. Un roman de S.-F. moyen rapporte entre quinze cents et deux mille dollars. Par conséquent, un auteur de S.-F. capable d'écrire deux romans par an — et de les vendre — touche entre trois et quatre mille dollars l'an... ce qui ne lui permet pas de vivre. Il peut essayer, à la place, d'écrire trois romans dans l'année, plus un certain nombre de nouvelles. Avec de la chance et d'incessants efforts, il peut accroître ses revenus jusqu'à environ six mille dollars. Au mieux, je suis parvenu à gagner douze mille dollars en une année ; d'ordinaire, ça chiffre moins, et l'effort pour tenter de ramener plus d'argent me bousille parfois jusqu'à deux ans de suite. Pendant ces périodes creuses de deux ans, le seul argent qui rentre provient de ce qu'on appelle les « droits annexes ». Ceux-ci comprennent les ventes à l'étranger, les rééditions en poche, les parutions en feuilleton dans les magazines, l'achat par la télé ou la radio, etc. Elles sont horribles, ces périodes creuses, quand votre existence dépend des incertains versements au compte-gouttes des droits annexes. Par exemple, une lettre de votre agent arrive par avion. Elle contient le règlement de royalties pour un montant d'un dollar soixante-sept. Et la semaine suivante arrive par avion une lettre contenant un chèque de quatre dollars cinquante. Et pourtant, nous qui écrivons de la S.-F. continuons, dans une certaine mesure. Comme je dis, c'est l'amour du genre.

Qu'y a-t-il qui nous attire dans la S.-F. ? Qu'est-ce que la S.-F., de toute façon ? Elle accroche les fans ; elle accroche les directeurs de publication ; elle accroche les écrivains. Et personne ne fait d'argent. Quand j'y réfléchis, il me revient toujours à l'esprit *L'Échiquier fabuleux de Henry Kuttner* avec son paragraphe d'ouverture, le bouton de porte qui cligne de l'œil au personnage. Quand je médite là-dessus, je vois aussi — en dehors de mon esprit, juste à côté de mon bureau — une collection complète d'*Unknown* et d'*Unknown Worlds*, ainsi que d'*Astounding*, remontant jusqu'à octobre 1933... celle-ci étant protégée par une bibliothèque à l'épreuve du feu de quatre cent cinquante kilos, isolée du monde, isolée de la vie. Donc isolée de la décrépitude et de l'usure. Donc isolée du temps. J'ai payé cette bibliothèque anti-feu qui protège mes magazines trois cent quatre-vingt-dix dollars. Après ma femme et ma fille, ils ont plus d'importance pour moi que tout ce que je possède — ou espère posséder.

La magie qui nous accroche est là-dedans, dans cette bibliothèque. Je l'ai capturée, quelle qu'elle soit.

À propos de mes propres écrits. Les lire n'a aucun sens pour moi, toutes les considérations pour déterminer si c'est bien ou pas, ce que je fais bien et ce que je fais mal (comme installer l'évier de la cuisine, comme l'a formulé Ted Sturgeon, à propos du *Dieu venu du Centaure*). Ce qui compte pour moi, c'est *l'écriture*, l'acte de fabrication du roman, parce que pendant que je le fais, à ce moment particulier, je suis dans le monde que je décris. Il est réel pour moi, complètement et totalement. Ensuite, quand j'ai fini, qu'il faut que j'arrête, que je me retire de ce monde *définitivement* — cela me détruit. Les hommes et les femmes ont cessé de parler. Ils ne bougent plus. Je suis seul, sans beaucoup d'argent et, comme je l'ai dit auparavant, âgé de presque quarante ans. Où est Mr. Tagomi, le protagoniste du *Maître du Haut Château* ? Il m'a abandonné ; nous sommes coupés l'un de l'autre. Lire le roman ne ramène pas Mr. Tagomi, ne le replace pas là où je peux l'entendre parler. Une fois écrit, le roman s'adresse à tous en général, pas spécifiquement à moi. Lorsqu'un de mes romans paraît, je n'ai pas plus de relations avec lui que n'importe lequel de ses lecteurs — beaucoup moins, en fait, car j'ai le souvenir de Mr. Tagomi et de tous les autres... Gino Molinari, par exemple, dans *En attendant l'année dernière*, ou Leo Bulero dans *Le Dieu venu du Centaure*. Mes amis sont morts et, autant j'aime ma femme, ma fille, mon chat — rien de tout cela ni la totalité de cela ne suffit. Le vide est terrible. N'écrivez pas pour vivre ; vendez des lacets. Ne laissez pas cela vous arriver.

Je me promets : je n'écrirai jamais d'autre roman. Plus jamais je n'imaginerai des gens dont je serai finalement séparé. Je me dis cela... et, secrètement et prudemment, je commence un nouveau livre.

Stabilité

Titre original :

STABILITY

paru dans Beyond Lies The Wub, *vol. 1 de*
The Collected Stories of Philip K. Dick,
Underwood/Miller, 1987
(texte écrit en 1947 au plus tard).

Robert Benton déploya lentement ses ailes, les fit battre à plusieurs reprises et plongea majestueusement du toit pour s'enfoncer dans les ténèbres.

La nuit l'engloutit aussitôt. Au-dessous de lui, des centaines de petits points lumineux signalaient d'autres toits, d'où s'envolaient d'autres personnes. Une tache violette se rapprocha de lui avant de se perdre dans le noir. Mais Benton n'était pas d'humeur, la course nocturne ne lui disait rien. La tache violette revint à la charge et se mit à onduler en signe d'invite. Benton déclina son offre et prit de l'altitude.

Au bout d'un moment, il se stabilisa et se laissa porter par les courants aériens qui montaient de la ville en dessous, la Cité de Légèreté. Une sensation merveilleuse, enivrante, s'empara de lui. Il fit claquer ses grandes ailes blanches l'une contre l'autre, se jeta avec une joie frénétique dans les petits nuages qui passaient par là, piqua vers l'invisible fond de l'immense cuvette noire dans laquelle il volait, et descendit enfin vers les lumières de la ville : son temps de divertissement touchait à sa fin.

Quelque part en dessous, une lumière plus vive que les autres clignotait tout particulièrement à son intention : le Bureau de Contrôle. Drapé dans ses ailes blanches, pointant son corps comme une flèche, il se dirigea vers elle. Toujours plus bas, bien droit et parfaitement positionné. À trente mètres à peine de son but, il déploya ses ailes d'un seul coup, accrocha l'air ferme autour de lui et vint se poser doucement sur un toit plat.

Il marcha jusqu'à ce qu'un faisceau de guidage lumineux s'allume et l'aide à trouver son chemin vers la porte. Celle-ci coulissa sous la pression de ses doigts, et dès qu'il l'eut franchie il tomba à une vitesse croissante. Puis le petit ascenseur s'immobilisa brusquement et Benton pénétra dans le Bureau principal du Contrôleur.

« Bonjour, fit ce dernier. Enlevez vos ailes et asseyez-vous donc. »

Benton les plia soigneusement et les suspendit à l'un des petits crochets dont toute une rangée courait sur le mur. Il repéra le meilleur siège et alla s'y asseoir.

« Ah, sourit le Contrôleur, je vois que vous appréciez le confort.

— Ma foi, répondit Benton, disons que je n'aime pas le voir gaspillé. »

Le Contrôleur regarda derrière son visiteur, à travers les murs de plastique transparent. Là se trouvaient les pièces individuelles les plus spacieuses de toute la Cité de Légèreté. Elles s'étendaient à perte de vue, et certainement plus loin encore. Chacune d'entre elles était...

Benton se manifesta. « À quel propos désiriez-vous me voir ? »

Le Contrôleur toussota et remua sur son bureau quelques feuillets de papier-métal. « Comme vous le savez, commença-t-il, Stabilité est notre maître mot. La civilisation progresse depuis des siècles, et surtout depuis le XXVe. Toutefois, la nature veut que la civilisation aille de l'avant, ou au contraire régresse ; car elle ne saurait stagner.

— Je sais cela, dit Benton, déconcerté. Je connais aussi la table de multiplication. Allez-vous me la réciter aussi ? »

Le Contrôleur fit la sourde oreille. « Nous avons pourtant enfreint cette loi. Il y a cent ans... »

Cent ans ! Y avait-il réellement si longtemps qu'Éric Freidenburg, originaire des États de Libre Allemagne, s'était levé en pleine séance du Conseil international pour annoncer aux délégués assemblés que l'humanité avait enfin atteint son apogée. Le progrès était devenu impossible. Depuis quelques années, seules *deux* inventions majeures avaient été enregistrées. Après cela, on avait vu sur les graphiques, les diagrammes, les courbes plonger en suivant le quadrillage jusqu'à tomber à zéro. La grande source de l'ingéniosité humaine s'était tarie, et Éric s'était alors dressé pour proclamer ce que tout le monde savait mais n'osait dire à voix haute. Naturellement, puisque le fait avait été porté à sa connaissance selon la procédure officielle, le Conseil s'était senti contraint de s'attaquer au problème.

Trois solutions furent proposées. L'une semblait plus humaine que les deux autres, et fut finalement adoptée. C'était...

La Stabilisation !

On assista tout d'abord à des troubles graves lorsque la population fut informée, et des émeutes monstres éclatèrent dans de nombreuses villes de premier plan. Les marchés financiers s'effondrèrent et l'économie de nombreux pays devint incontrôlable. Les prix des denrées alimentaires grimpèrent, et il y eut de grandes famines. La guerre éclata... pour la première fois en trois cents ans ! Mais la Stabilisation avait commencé. Les dissidents étaient éliminés, les radicaux déportés. C'était dur, cruel, mais cela semblait être la seule solution. Enfin, le monde se figea dans la rigidité, une stase parfaitement maîtrisée où nul changement n'était plus possible, que ce soit dans un sens ou dans l'autre.

Tous les ans, durant une semaine, chaque citoyen passait un difficile examen destiné à déterminer s'il régressait. Tous les jeunes recevaient quinze ans d'éducation intensive. Ceux qui n'arrivaient pas à se maintenir à niveau disparaissaient purement et simplement. Les inventions étaient examinées par des Bureaux de Contrôle qui s'assuraient qu'elles ne risquaient pas de perturber la Stabilité. Sinon...

« C'est pourquoi nous ne pouvons autoriser l'exploitation de votre invention, expliqua le

Contrôleur. Je regrette. » Il vit Benton tressaillir ; le sang refluait de son visage et ses mains tremblaient. « Allons, fit-il avec bonté, ne le prenez pas si mal ; il y a d'autres choses à faire. Après tout, vous ne risquez pas la Charrette ! »

Mais Benton se bornait à regarder dans le vide. Enfin, il déclara : « Vous ne comprenez pas ; je n'ai rien inventé. Je ne sais pas de quoi vous voulez parler.

— Comment ! s'exclama le Contrôleur. Mais j'étais là le jour où vous avez présenté cette invention ! Je vous ai vu de mes yeux signer la déclaration de propriété ! C'est à *moi* que vous avez remis la maquette ! » Il dévisagea Benton. Puis il pressa un bouton sur son bureau et articula devant un petit cercle lumineux : « Faites-moi monter le dossier du numéro 34 500-D, s'il vous plaît. »

Un moment s'écoula, puis un tube apparut dans le cercle lumineux. Le Contrôleur saisit l'objet cylindrique et le tendit à Benton. « Vous trouverez là-dedans votre déclaration dûment signée, avec vos empreintes dans les cases d'identification. Vous êtes le seul à avoir pu les apposer. »

Hébété, Benton ouvrit le tube et en sortit les papiers, qu'il étudia quelques instants avant de les remettre lentement en place et de rendre le cylindre au Contrôleur. « Oui, dit-il, c'est bien mon écriture, et ce sont assurément mes empreintes. Mais je ne comprends pas, je n'ai jamais rien inventé de ma vie, et je ne suis encore jamais venu ici ! Quelle est donc cette invention ?

— Mais enfin ! fit le Contrôleur en écho, tout décontenancé. Vous ne le savez pas ? »

Benton secoua la tête. « Pas du tout, répondit-il lentement.

— Eh bien, si vous voulez vous renseigner, il va falloir descendre aux Bureaux. Tout ce que je peux vous dire, c'est que le Comité de Contrôle a refusé d'avaliser les plans que vous nous avez envoyés. Je ne suis qu'un porte-parole. Il va falloir que vous régliez ça avec eux. »

Benton se leva et alla vers la porte. Comme la précédente, celle-ci s'ouvrit d'une pression, et il s'enfonça plus avant dans les Bureaux de Contrôle. Au moment où la porte se refermait derrière lui, le Contrôleur lança d'une voix coléreuse : « Je ne sais pas ce que vous mijotez, mais vous connaissez la sanction en cas de perturbation de la Stabilité !

— J'ai bien peur que la Stabilité ne soit déjà perturbée », répliqua Benton, qui poursuivit son chemin.

Les Bureaux étaient gigantesques. De la passerelle où il se tenait, il contempla en contrebas mille hommes et femmes actionnant des machines efficaces qui tournaient dans un concert de stridulations. Ils y introduisaient des piles de cartes perforées tandis que d'autres, installés derrière des bureaux, dactylographiaient des fiches descriptives, remplissaient des feuilles de calcul, classaient des cartes et décodaient des messages. Sur les murs, on mettait constamment à jour d'immenses graphiques. L'air était tout empli du bourdonnement dégagé par ces activités, de la vibration des machines, du crépitement des claviers et du brouhaha de voix mêlées, qui formaient une symphonie paisible et satisfaite. Et cette vaste machinerie, dont le fonctionnement harmonieux coûtait un nombre incalculable de dollars par jour, obéissait à un seul mot d'ordre : Stabilité !

Ici vivait ce qui maintenait la cohésion de leur monde. Cette salle, ces gens qui travaillaient si dur, l'homme sans pitié qui empilait des cartes dans le casier étiqueté « à éliminer », fonctionnaient effectivement à la manière d'un grand orchestre. Qu'un seul individu perde le ton ou le tempo et c'était la structure tout entière qui vacillait. Mais personne ne faiblissait jamais. Personne ne s'arrêtait ni ne manquait à sa tâche. Benton descendit une volée de marches menant au bureau du préposé à l'information.

« Donnez-moi le dossier complet de l'invention présentée par Robert Benton, numéro 34 500-D », dit-il. L'homme hocha la tête et se leva. Au bout de quelques minutes, il revint avec une boîte métallique.

« Voici les plans et une petite maquette opérationnelle. » Il posa la boîte et l'ouvrit. L'œil rond, Benton regarda ce qu'elle contenait : au centre, un petit engin trapu au mécanisme complexe ; en dessous, une pile épaisse de feuilles-métal couvertes de schémas.

« Puis-je l'emporter ? demanda-t-il.

— Si vous êtes le propriétaire », répondit le fonctionnaire.

Benton montra sa carte d'identification ; l'autre

l'examina et la compara avec les données accompagnant l'invention. Enfin, il acquiesça et Benton referma la boîte avant de quitter rapidement le bâtiment par une sortie latérale.

Celle-ci le mena à l'une des plus grandes artères souterraines, véritable chaos de phares et de véhicules en transit. Il se repéra et se mit à chercher une voiture de communication pour le ramener chez lui. Il en vint enfin une, et il s'embarqua. Au bout de quelques minutes, il entreprit de soulever précautionneusement le couvercle de la boîte pour jeter un coup d'œil à l'étrange maquette qu'elle renfermait.

« Qu'est-ce que vous avez là, monsieur ? s'enquit le robot-conducteur.

— J'aimerais bien le savoir », fit Benton avec regret. Deux silhouettes ailées passèrent en trombe non sans lui faire signe, puis dansèrent une seconde sur place avant de s'éclipser. « Oh, nom d'un oiseau, murmura Benton, j'ai oublié mes ailes ! »

Malheureusement, il était trop tard pour retourner les chercher : la navette commençait tout juste à ralentir devant chez lui. Il paya le chauffeur, entra et verrouilla la porte derrière lui, chose que personne ne faisait jamais ou presque. L'endroit idéal pour examiner la boîte était sa salle de « considération », où il passait ses heures de loisir quand il ne volait pas. Là, au milieu de ses livres et de ses magazines, il aurait tout loisir d'inspecter son invention.

La série de diagrammes resta une énigme totale, et la maquette encore plus. Il la considéra sous tous les angles et essaya d'interpréter les symboles techniques des schémas, mais sans succès. Il ne lui restait plus qu'une possibilité. Il chercha l'interrupteur de mise en marche et l'actionna.

Pendant près d'une minute, rien ne se passa. Puis, autour de lui la pièce se mit à vaciller, à s'effacer. Pendant un moment, elle tremblota comme un amas de gelée, puis demeura stable un instant et disparut.

Il tombait à travers l'espace comme dans un tunnel sans fin ; il se surprit à gigoter frénétiquement, agitant les bras dans les ténèbres dans l'espoir de se raccrocher à quelque chose. Impuissant, terrorisé, il tomba pendant une éternité. Puis il atterrit et se retrouva parfaitement indemne. Finalement, sa chute n'avait pas dû être si longue. Ses vêtements métalliques n'étaient même pas dérangés. Il se remit sur pied et regarda autour de lui.

L'endroit lui était inconnu. C'était un champ, comme il ne croyait pas qu'il pût en exister encore. De tous côtés ondulaient en abondance des hectares de céréales sur pied. Pourtant, il était sûr que nulle part sur Terre les céréales ne continuaient de pousser à l'état naturel. Sûr et certain. Il mit sa main en visière pour se protéger les yeux et regarda le soleil, mais celui-ci lui parut tel qu'il avait toujours été. Il se mit en marche.

Au bout d'une heure, les champs de blé s'interrompirent, mais pour céder la place à une vaste forêt. Or, il avait appris à l'école que les forêts avaient disparu de la surface du globe des années plus tôt. Alors où était-il ?

Il se remit à marcher, plus rapidement cette fois. Puis il commença à courir. Devant lui s'élevait une petite colline au sommet de laquelle il grimpa à toute allure. Baissant les yeux pour découvrir l'autre côté, il resta frappé de stupeur. Il n'y avait rien, rien qu'un vaste néant. Le sol était complètement uni, stérile ; ni arbres ni le moindre signe de vie, si loin que portât son regard. L'immensité décolorée du pays de la mort, et voilà tout.

Il entreprit de descendre l'autre versant en direction de la plaine. Le sol était brûlant et sec sous ses pieds, mais il avança quand même. Il continua de marcher. Ses pieds — peu accoutumés aux longues marches — le faisaient maintenant souffrir, et il se fatiguait. Mais il était déterminé à continuer. Une petite voix le contraignait à maintenir l'allure sans faiblir.

« Ne le ramassez pas, fit quelqu'un.

— Si ! » dit-il entre ses dents, un peu pour lui-même. Puis il se pencha.

Quelqu'un ? Mais qui, où ? Il se retourna promptement, mais il n'y avait rien à voir. Pourtant il avait bien entendu une voix et — l'espace d'un instant — il lui avait semblé parfaitement naturel que des voix surgissent de nulle part. Il examina la chose qu'il s'apprêtait à ramasser. C'était un globe de verre à peu près gros comme le poing.

« Vous allez détruire votre précieuse Stabilité, reprit la voix.

— Rien ne peut détruire la Stabilité », répondit-il machinalement. Le globe de verre frais répandait une agréable sensation au creux de sa paume. Il y avait quelque chose à l'intérieur, mais la chaleur dispensée par l'orbe incandescent du soleil le faisait danser devant ses yeux, et il n'aurait su dire ce que c'était.

« Vous laissez le mal contrôler votre esprit, lui dit encore la voix. Reposez le globe et allez-vous-en.

— Le mal ? » s'étonna-t-il. Il faisait très chaud, il commençait à avoir soif. Il voulut glisser le globe dans sa tunique.

« Ne faites pas ça, ordonna la voix. C'est ce qu'*il* veut que vous fassiez. » Le contact du globe contre sa poitrine était plaisant. L'objet s'y nicha, et sa fraîcheur atténua l'implacable rayonnement du soleil. Que disait la voix ? « Vous avez été appelé ici à travers le temps. Désormais, vous *lui* obéissez sans réserve. Je suis *son* gardien, et cela depuis l'instant où cet univers-temps a été créé. Partez, et laissez-*le* tel que vous l'avez trouvé. »

Il faisait décidément trop chaud sur la plaine. Il avait envie de s'en aller ; le globe le pressait d'ailleurs de le faire en lui rappelant cette chaleur venue du ciel, cette sécheresse de sa bouche, ce chatouillement dans sa tête. Il commença à s'éloigner et, alors qu'il serrait le globe contre lui, il entendit le gémissement désespéré et furieux de la voix fantôme.

C'est à peu près tout ce dont il devait se souvenir plus tard. Il se rappela avoir fait le chemin en sens inverse à travers la plaine, franchi les champs de blé, trébuchant et titubant, et regagné l'endroit où il avait atterri à l'origine. Sous sa veste, le globe en verre l'exhorta à ramasser la petite machine à voyager dans le temps là où il l'avait laissée. Il lui dit tout bas quel cadran il fallait régler, sur quel bouton il fallait appuyer, quelle manette il fallait actionner. Puis il tomba de nouveau, en remontant le corridor du temps, de plus en plus haut, jusqu'au brouillard grisâtre d'où il était sorti, jusqu'à son propre monde.

Soudain le globe le pressa de s'arrêter. La traversée n'était pas encore achevée ; mais il lui restait quelque chose à faire.

« Vous dites que vous vous appelez Benton ? Que puis-je faire pour vous ? s'enquit le Contrôleur. Vous n'êtes encore jamais venu, n'est-ce pas ? »

Il regarda fixement le Contrôleur. Que voulait-il dire par là ? Enfin, il venait juste de quitter son bureau ! Mais peut-être... Quel jour était-on ? Que lui était-il arrivé ? Étourdi, il se frotta le front et s'assit dans un grand fauteuil. Le Contrôleur l'observait avec anxiété.

« Ça va ? demanda-t-il. Je peux vous aider ?

— Ça va », dit Benton. Il tenait quelque chose à la main. « Je voudrais déposer cette invention et la soumettre à l'aval du Conseil de Stabilité », dit-il en tendant au Contrôleur la machine à voyager dans le temps.

« Vous avez les schémas de montage ? »

Benton enfonça profondément la main dans sa poche et en ressortit les plans, qu'il jeta sur le bureau du Contrôleur avant de poser le modèle réduit à côté.

« Le Conseil n'aura aucun mal à déterminer ce que c'est », dit Benton. Il avait mal à la tête et voulait s'en aller. Il se leva. « Je m'en vais », dit-il. Il sortit par la porte latérale qu'il avait empruntée pour entrer. Le Contrôleur le suivit des yeux.

« Manifestement, dit le Premier Membre du Conseil de Contrôle, il s'était servi de cette chose. Vous dites que la première fois, il s'est comporté comme s'il était déjà venu, mais que lors de sa seconde visite, il n'avait pas souvenir d'avoir déjà déposé une invention, ni même de s'être déjà présenté lui-même ?

— C'est exact, répondit le Contrôleur. J'ai trouvé le phénomène suspect au moment de sa première visite, mais je n'en ai compris le sens que la deuxième fois. De toute évidence, il s'*en* était servi.

— Le Greffe central signale qu'un facteur déstabilisant est sur le point d'apparaître, souligna le Second Membre. Je parierais qu'il s'agit de Mr. Benton.

— Une machine temporelle ! s'exclama le Premier Membre. Ce peut être dangereux. Avait-il quelque chose avec lui lorsqu'il est venu la... euh... la première fois ?

— Je n'ai rien remarqué, sauf qu'il marchait comme s'il portait quelque chose sous son manteau, répondit le Contrôleur.

— Alors nous devons agir immédiatement. Il est capable d'avoir déjà déclenché un enchaînement d'événements que nos Stabiliseurs auront du mal à interrompre. Peut-être devrions-nous rendre visite à Mr. Benton. »

Assis dans son salon, Benton avait le regard fixe et vitreux ; il n'avait pas bougé depuis un bon moment. Le globe lui parlait, lui faisait part de ses projets, de ses espoirs. Puis, brusquement, il se tut.

« Ils arrivent », dit le globe posé à côté de lui sur le canapé, et dont le faible murmure montait en volutes jusqu'à son cerveau comme un filet de fumée. Il n'avait pas réellement parlé, bien sûr, car son langage était mental. Mais Benton l'entendait.

« Qu'est-ce que je dois faire ? demanda-t-il.

— Rien, répondit le globe. Ils vont s'en aller. »

La sonnette retentit ; Benton resta où il était. Un deuxième coup et Benton se tortilla, mal à l'aise. Au bout d'un moment, les hommes s'éloignèrent sur le trottoir ; manifestement, ils étaient partis.

« Et maintenant ? » demanda Benton.

Le globe resta quelques instants sans répondre. « Je sens que le moment est presque venu, dit-il enfin. Jusqu'à présent je n'ai commis aucune erreur, et le plus difficile est fait : vous faire venir à travers le temps. Il m'a fallu des années — le Guetteur était malin. Vous avez failli ne pas répondre, et il m'a fallu attendre d'avoir l'idée de vous mettre la machine entre les mains pour être assuré du succès. Bientôt, vous devrez nous libérer de ce globe. Après tout ce temps... »

Des grattements, des murmures à l'arrière de la

maison. Benton tressaillit. « Ils entrent par la porte de derrière ! »

Le globe bruissa de colère. Le Contrôleur et les Membres du Conseil s'avancèrent avec lenteur et circonspection dans la pièce. Apercevant Benton, ils s'immobilisèrent.

« Nous pensions que vous n'étiez pas chez vous », dit le Premier Membre.

Benton se tourna vers lui. « Bonjour. Désolé de ne pas avoir répondu à votre coup de sonnette ; je m'étais endormi. Que puis-je pour vous ? »

Prudemment, sa main se tendit vers le globe ; on aurait dit que celui-ci roulait sur lui-même pour se mettre sous la protection de sa paume.

« Qu'est-ce que vous avez là ? » demanda soudain le Contrôleur. Benton le regarda fixement et le globe chuchota dans sa tête.

« Rien qu'un presse-papiers, dit-il en souriant. Vous ne voulez pas vous asseoir ? »

Les hommes prirent un siège et le Premier Membre attaqua : « Vous êtes venu nous voir deux fois, la première pour faire enregistrer une invention, la deuxième parce que nous vous avions convoqué, vu que nous ne pouvions autoriser la mise en circulation de celle-ci.

— Eh bien ? fit Benton. Où est le problème ?

— Oh, il n'y en a pas, dit le Membre, sinon que ce qui était pour nous votre première visite était pour *vous* la seconde. Plusieurs éléments le prouvent, mais je ne vais pas entrer dans ces détails maintenant. Ce qui compte, c'est que vous ayez toujours la machine. Cela pose un problème délicat. Où est-elle ? Sans doute encore en votre possession. Nous ne pouvons vous forcer à nous la remettre, mais nous finirons par l'obtenir d'une manière ou d'une autre.

— C'est vrai », dit Benton. Mais où était la machine ? Il venait de la laisser au Bureau du Contrôleur. Pourtant il l'avait déjà récupérée et transportée dans le temps, sur quoi il était revenu dans le présent la rendre au Bureau du Contrôleur !

« Elle a cessé d'exister, chuchota le globe en interceptant ses pensées. C'est maintenant une non-entité prise dans une spirale temporelle qui a atteint sa conclusion lorsque vous avez déposé la machine au Bureau de Contrôle. Il faut maintenant que ces hommes s'en aillent pour que nous puissions faire ce qui doit être fait. »

Benton se leva en plaçant le globe derrière lui. « Je crains de ne pas détenir la machine temporelle, dit-il. Je ne sais même pas où elle est, mais vous pouvez fouiller si vous voulez.

— En enfreignant la loi, vous vous êtes rendu passible de la Charrette, fit remarquer le Contrôleur. Mais nous avons le sentiment que vous avez agi involontairement. Nous ne désirons pas punir sans motif, seulement préserver la Stabilité. Lorsqu'elle est perturbée, rien d'autre n'a plus d'importance.

— Vous pouvez chercher, vous ne la trouverez pas », dit Benton. Les Membres et le Contrôleur se mirent à fouiller, retournant les fauteuils, regardant sous les tapis, derrière les cadres, dans les cloisons, mais en vain.

« Vous voyez bien », dit Benton en souriant alors qu'ils revenaient au salon.

« Vous auriez pu la cacher dehors, dit le Membre en haussant les épaules. Mais de toute façon, c'est sans importance. »

Le Contrôleur s'avança. « La Stabilité, c'est comme un gyroscope, déclara-t-il. On a du mal à l'orienter sur son axe pour la mettre en marche, mais une fois lancée, on ne peut pratiquement plus l'arrêter. Notre sentiment est que, personnellement, vous n'avez sans doute pas la force de lancer correctement ce gyroscope ; mais d'autres en sont peut-être capables. Cela reste à voir. Nous allons nous retirer, maintenant ; vous êtes autorisé à mettre vous-même fin à vos jours, ou bien à attendre la Charrette ici. Nous vous laissons le choix. On vous surveillera, bien sûr, mais je suis certain que vous ne tenterez pas de vous enfuir. Car cela entraînerait votre élimination immédiate. La Stabilité doit être maintenue, à tout prix. »

Benton les dévisagea, puis posa le globe sur la table. Les Membres le considérèrent avec intérêt.

« Un presse-papiers, dit Benton. Intéressant, non ? »

Les Membres se désintéressèrent du globe et s'apprêtèrent à partir. Mais le Contrôleur, lui, le tint dans la lumière. « Une ville miniature, hein ? dit-il. Quelle finesse dans le détail. » Benton l'observa sans rien dire. « Comment peut-il exister sculpteur aussi doué ? poursuivit le Contrôleur. De quelle ville s'agit-il ? On dirait une cité ancienne, Tyr ou Babylone, à moins qu'il ne s'agisse d'une ville du futur. Tiens, cela me rappelle une vieille légende. » Il regarda intensément Benton et continua. « On dit qu'il existait autrefois une cité très mauvaise, si mauvaise que Dieu la fit rétrécir, l'enferma dans une coque de verre et posta une sorte de guetteur afin que personne ne la libère en brisant la coque. Elle est censée y être restée toute l'éternité, à attendre de pouvoir s'échapper ».

« Et ceci en est peut-être la reproduction, poursuivit le Contrôleur.

— Allons ! lança le Premier Membre depuis la porte. Il faut partir ; il nous reste des quantités de choses à faire ce soir. »

Le Contrôleur se retourna brusquement vers les Membres. « Attendez ! dit-il. Ne partez pas. » Il traversa la pièce jusqu'à eux, tenant toujours le globe. « Le moment serait très mal choisi », dit-il.

Benton vit alors que son visage avait perdu presque toutes ses couleurs et que ses lèvres étaient pincées. Le Contrôleur se tourna de nouveau brusquement vers lui. « Un voyage dans le temps, une ville dans un globe de verre... ! Ça ne vous rappelle donc rien ? » Les deux autres Membres semblaient perplexes. « Un ignorant traverse le temps et rapporte un étrange objet en verre, dit le Contrôleur. Drôle de butin à ramener d'outre-temps, vous ne trouvez pas ? »

Soudain, les traits du Premier Membre blêmirent. « Dieu du ciel ! murmura-t-il. La cité maudite ! Dans ce globe-là ? »

Il contempla la sphère, incrédule.

Le Contrôleur regarda Benton d'un air amusé. « Curieux, comme on peut parfois se montrer stupide, hein ? dit-il. Mais on finit par se réveiller. *N'y touchez pas !* »

Benton recula lentement, les mains tremblantes. « Alors ? » demanda-t-il.

Le globe était furieux d'être dans la main du Contrôleur. Il se mit à bourdonner et des vibrations parcoururent le bras du dirigeant, qui les sentit et raffermit sa prise. « Il veut que je le casse, dit-il, que je le jette par terre pour que la ville puisse sortir », ajouta-t-il en regardant les flèches et les toits menus perçant la brume trouble du globe, si petits qu'il pouvait recouvrir l'ensemble de ses doigts.

Benton se rua en avant d'un unique mouvement rectiligne et plein d'assurance, comme pendant ses nombreuses évolutions aériennes. Tous ces instants passés à fendre l'atmosphère ténébreuse et chaude de la Cité de Légèreté venaient maintenant à sa rescousse. Le Contrôleur, qui avait toujours été trop pris par son travail et son emploi du temps surchargé pour se livrer aux sports aériens dont la Cité était si fière, s'affala aussitôt. Le globe lui échappa et roula à travers la pièce. Benton se dégagea et se leva d'un bond. Alors qu'il se lançait à la poursuite de la sphère brillante, il aperçut brièvement les visages effrayés, ahuris, des Membres, puis le Contrôleur qui tentait de se remettre debout, les traits déformés par la douleur et l'horreur.

Le globe l'appelait tout bas. Benton marcha promptement vers lui et sentit s'élever un murmure de triomphe, puis un véritable cri de joie au moment où son pied écrasait le verre qui l'emprisonnait.

Le globe cassa avec une détonation retentissante. Il resta inerte un instant, puis une brume commença à s'en échapper. Benton regagna le canapé et s'assit. La brume se mit à emplir la pièce. Elle s'enflait sans cesse et prenait des allures d'être vivant tant elle évoluait et tournoyait étrangement.

Benton sombra dans le sommeil. La brume s'agglutina autour de lui, s'enroula autour de ses jambes, monta jusqu'à sa poitrine, et finit par lui voiler le visage. Effondré sur le canapé, les yeux clos, il se laissa envelopper par une étrange et antique fragrance.

C'est alors qu'il entendit les voix. Elles furent tout d'abord ténues et lointaines, comme si le murmure du globe se trouvait tout à coup multiplié par mille. Puis un concert de murmures s'éleva du globe brisé, formant un crescendo exultant. Joie de la victoire ! Il vit la cité miniature vaciller, s'estomper, puis changer de taille et de forme. Il l'entendait à présent. Une pulsation régulière de machinerie en marche, tel un gigantesque tambour. Un frémissement, une palpitation d'êtres de métal trapus.

Des êtres qu'on entretenait. Benton vit des esclaves, des hommes pâles, courbés, tout en sueur, qui se contorsionnaient dans leurs efforts pour assurer le bonheur de ces rugissantes fournaises d'acier et d'énergie. La scène parut se développer devant ses yeux jusqu'à remplir toute la pièce, jusqu'à ce que les ouvriers en nage soient tout autour de lui, assez près pour le frôler. Il était assourdi par toute cette puissance déchaînée, ces rouages grinçants, tous ces mécanismes et toutes ces soupapes. Quelque chose se pressait contre lui, le poussait à avancer et à pénétrer dans la Cité ; la brume répercutait joyeusement les exclamations triomphales de ceux qui venaient d'être libérés.

Quand le soleil se leva, il était déjà éveillé. La cloche du lever retentit, mais Benton avait quitté son cube-dortoir quelques instants plus tôt. En s'insérant dans les rangs de ses camarades au pas, il crut reconnaître, l'espace d'une seconde, des visages familiers — des gens qu'il avait connus quelque part, jadis. Mais ce souvenir s'évanouit aussitôt. Tandis qu'ils défilaient pour rejoindre les machines en fredonnant les airs sans mélodie que leurs ancêtres avaient chantés des siècles durant, sentant le poids des outils dans son dos Benton fit le décompte du temps qui lui restait avant son prochain jour de repos. Plus que trois semaines, et de toute manière il pouvait se retrouver bien placé pour obtenir une prime, si les Machines jugeaient approprié de...

Car n'avait-il pas fidèlement entretenu *sa* machine ?

L'Orphée aux pieds d'argile

Titre original :

ORPHEUS WITH CLAY FEET

paru dans Escapade, *1964, sous le pseudonyme de Jack Dowland.*

Dans les bureaux des conseillers à la réforme Concord, Jesse Slade regardait par la fenêtre la rue en contrebas et voyait tout ce qui lui était refusé de liberté, de fleurs et d'herbe, d'occasions de longues promenades sans encombre. Il soupira.

« Excusez-moi, monsieur, marmonna le client de l'autre côté de son bureau d'un air contrit, mais j'ai l'impression que je vous ennuie.

— Pas du tout, fit Slade, reprenant conscience de ses lourdes responsabilités. Voyons... » Il examina les documents que le client, un certain Walter Grossbein, lui avait présentés. « Ainsi, Mr. Grossbein, vous avez le sentiment que votre meilleure chance d'éviter le service militaire réside dans des troubles auditifs chroniques précédemment diagnostiqués par des médecins civils comme résultant d'une labyrinthite aiguë. Hmm. » Slade étudia les documents afférents.

Ses fonctions — qu'il n'appréciait pas — consistaient à trouver aux clients de la firme une échappatoire au service militaire. La guerre contre les

Choses n'avait pas été menée convenablement ces derniers temps ; de nombreuses pertes avaient été signalées dans la région de Proxima — et il s'était ensuivi un regain de travail pour les conseillers à la réforme Concord.

« Mr. Grossbein, déclara Slade d'un air pensif, j'ai remarqué, lorsque vous êtes entré dans mon bureau, que vous aviez tendance à pencher d'un côté.

— Vraiment ? demanda Grossbein, surpris.

— Oui, et je me suis dit : Cet homme souffre d'une grave détérioration de son sens de l'équilibre. C'est lié à l'oreille, vous savez, Mr. Grossbein. L'audition, d'un point de vue évolutionnaire, est un développement du sens de l'équilibre. Certaines créatures aquatiques d'ordre inférieur s'incorporent un grain de sable et s'en servent comme balancier au sein du liquide cochléaire ; cette méthode leur permet de déterminer si elles montent ou si elles descendent.

— Je crois que je comprends.

— Dites-le, dans ce cas, l'encouragea Slade.

— Je... penche fréquemment d'un côté ou de l'autre quand je marche.

— Et la nuit ? »

Grossbein fronça les sourcils, puis lança d'une voix enjouée : « Il m'est, euh, il m'est presque impossible de m'orienter dans le noir.

— Bien. » Slade se mit à écrire sur le formulaire de service militaire B-30 du client. « Je pense que ceci devrait vous faire exempter. »

Ravi, le client déclara : « Je ne vous remercierai jamais assez. »

Oh, que si, se dit Slade. Vous pouvez nous remercier en allongeant cinquante dollars. Après tout, sans nous, vous risqueriez d'être d'ici peu de temps un corps blême et sans vie au fond de quelque ravine sur une planète lointaine.

Et, songeant aux planètes lointaines, Slade sentit renaître son désir. Son besoin de s'évader de son bureau étriqué et de ses entretiens avec les tire-au-flanc auxquels il avait affaire jour après jour.

Il doit y avoir une autre existence que celle-ci, se dit-il. Se peut-il qu'il n'y ait que cela dans la vie ?

Loin dans la rue en dessous de son bureau, une enseigne au néon brillait nuit et jour. Muse Tours, proclamait l'enseigne, et Slade savait ce que cela signifiait. Je vais y aller, se dit-il. Aujourd'hui. Pendant la pause-café de dix heures et demie ; je n'attendrai même pas le déjeuner.

Alors qu'il enfilait son manteau, Mr. Hnatt, son supérieur, entra dans le bureau et dit : « Eh bien, Slade, qu'est-ce qu'il y a ? Pourquoi cet air d'animal pris au piège ?

— Hum, je sors, Mr. Hnatt. M'échappe. J'ai expliqué à quinze mille personnes comment échapper au service militaire ; maintenant c'est mon tour. »

Mr. Hnatt lui donna une claque dans le dos. « Bonne idée, Slade ; vous êtes surmené. Prenez des vacances. Partez à l'aventure dans le temps vers quelque lointaine civilisation — ça vous fera du bien.

— Merci, Mr. Hnatt, c'est ce que je vais faire. » Et il quitta son bureau aussi vite que ses pieds pouvaient le porter, sortit de l'immeuble et descendit la rue vers l'enseigne au néon resplendissante de Muse Tours.

La réceptionniste, une blonde aux yeux verts dont la silhouette l'impressionna essentiellement par ses caractéristiques techniques, sa suspension, pour ainsi dire, lui sourit et déclara : « Mr. Manville va vous recevoir dans quelques instants, Mr. Slade. Asseyez-vous, je vous en prie. Vous trouverez d'authentiques numéros du *Harper's Weekly* du XIXe siècle sur la table, là-bas. » Elle ajouta : « Et quelques *Mad Comics* du XXe siècle, ces grands classiques de la dérision qui valent Hogarth. »

Tendu, Slade s'assit et essaya de lire ; il trouva dans *Harper's Weekly* un article affirmant que le canal de Panama était impossible et avait déjà été abandonné par ses concepteurs français — cela retint un instant son attention (le raisonnement était tellement logique, tellement convaincant), mais au bout de quelques instants son ennui et sa nervosité familières, comme un brouillard chronique, revinrent. Il se leva et s'approcha de nouveau de la réception.

« Mr. Manville n'est pas encore là ? » demanda-t-il d'une voix pleine d'espoir.

Derrière lui, une voix masculine lança : « Hé vous, là-bas, à la réception. »

Slade se retourna. Et se retrouva face à un homme brun de haute taille à l'expression exaltée, aux yeux flamboyants.

« Vous, fit l'homme, vous êtes dans le *mauvais siècle.* »

Slade déglutit.

S'avançant à grands pas vers lui, l'homme brun reprit : « Je suis Manville, monsieur. » Il tendit la main et Slade la serra. « Vous devez partir. Vous comprenez, monsieur ? Aussitôt que possible.

— Mais j'ai bien l'intention de recourir à vos services », marmonna Slade.

Un éclair passa dans les yeux de Manville. « Je veux dire loin dans le passé. Comment vous appelez-vous ? » Un geste énergique. « Attendez, ça me revient. Jesse Slade, de la Concord, en haut de la rue, là-bas.

— Exact, fit Slade, impressionné.

— Très bien, et maintenant au travail, dit Manville. Dans mon bureau. » Puis, s'adressant à la réceptionniste exceptionnellement bien bâtie : « Personne ne doit nous déranger, miss Frib.

— Bien, Mr. Manville. J'y veillerai, n'ayez crainte.

— Je le sais, miss Frib. » Manville fit entrer Slade dans un bureau privé bien équipé. De vieilles cartes et reproductions décoraient les murs ; quant aux meubles... Slade resta bouche bée. De l'américain ancien, entièrement chevillé et non cloué. De l'érable de Nouvelle-Angleterre ; une fortune.

« Est-ce que je peux..., commença-t-il.

— Oui, vous pouvez vraiment vous asseoir dans

ce fauteuil Directoire, lui dit Manville. Mais faites attention ; il se dérobe si vous vous penchez en avant. Nous songeons depuis un certain temps à l'équiper de roulettes en caoutchouc ou quelque chose de ce genre. » Il semblait agacé d'avoir à discuter de tels sujets. « Mr. Slade, reprit-il brusquement, vous êtes manifestement quelqu'un de très intelligent et nous pouvons faire l'économie des circonlocutions habituelles.

— Oui, dit Slade, faites.

— Nos dispositions pour le voyage dans le temps sont de nature particulière ; d'où le nom de "Muse". Comprenez-vous l'allusion ?

— Hum », fit Slade. Embarrassé, il se lança tout de même. « Voyons. Une muse est un organisme qui a pour but de...

— D'inspirer, coupa Manville avec impatience. Slade, ne nous le cachons pas, vous n'êtes pas quelqu'un de créatif. C'est la raison pour laquelle vous vous sentez las et insatisfait. Peignez-vous ? Composez-vous ? Est-ce que vous fabriquez des sculptures en fer soudé à partir de carcasses de vaisseaux spatiaux et de chaises de jardin au rebut ? Non. Vous ne faites rien ; vous êtes totalement passif. Exact ? »

Slade hocha la tête. « Vous avez mis le doigt dessus.

— Je n'ai mis le doigt sur rien du tout, déclara Manville avec irritation. Vous ne me suivez pas, Slade. Rien ne vous rendra créatif parce que vous n'avez pas cela en vous. Vous êtes trop ordinaire. Je ne vais pas vous lancer dans la peinture avec les doigts ou la confection de paniers ; je ne suis pas de ces analystes jungiens qui croient que l'art est une solution à tout. » Se laissant aller en arrière, il pointa un doigt sur Slade. « Écoutez. Nous pouvons vous aider, mais il faut d'abord que vous vouliez vous aider vous-même. Comme vous n'êtes pas créatif, le mieux que vous puissiez espérer — et là, nous pouvons vous assister — *c'est d'inspirer des créatifs*. Vous voyez ? »

Au bout d'un moment, Slade déclara : « Je vois, Mr. Manville. Je vois.

— Bien, dit l'autre en hochant la tête. Maintenant, vous pouvez inspirer un musicien célèbre, comme Mozart ou Beethoven, un savant comme Albert Einstein, un sculpteur comme sir Jacob Epstein — n'importe qui, écrivain, musicien, poète. Vous pourriez, par exemple, rencontrer sir Edward Gibbon lors de ses voyages en Méditerranée, engager une conversation à bâtons rompus et lui dire par exemple... eh bien : "Regardez les ruines de cette ancienne civilisation tout autour de nous. Je me demande comment un empire aussi puissant que Rome a pu sombrer dans la décadence. Tomber en ruine... se désagréger ainsi..."

— Bon sang, fit Slade avec ardeur. Oui, je vois ; je saisis parfaitement. Je répète le mot "chute" en présence de Gibbon, et grâce à moi il a l'idée de sa grande histoire de Rome, *Histoire du déclin et de la chute de l'Empire romain*. Et... » Il se sentit trembler. « J'y aurai contribué.

— Contribué ? Le mot est faible, Slade. Sans vous, cette œuvre n'aurait pas existé. Vous, Slade, pourriez être la muse de sir Edward. » Il se carra dans son fauteuil, sortit un cigare Upmann datant des alentours de 1915 et l'alluma.

« Je crois, dit Slade, que j'aimerais y réfléchir. Je veux être sûr d'inspirer la bonne personne ; je veux dire, ils méritent tous d'être inspirés, mais...

— Mais vous voulez trouver *la* personne correspondant à vos besoins psychiques, approuva Manville en exhalant une odorante fumée bleue. Prenez donc notre brochure. » Il lui tendit un livret brillant en 3D polychrome. « Emportez cela chez vous, lisez, et revenez nous voir quand vous serez prêt.

— Dieu vous bénisse, Mr. Manville.

— Et calmez-vous, ajouta Manville. Le monde ne va pas s'arrêter... Nous autres, chez Muse, le savons parce que nous sommes allés voir. » Il sourit, et Slade parvint à lui retourner son sourire.

Deux jours plus tard, Jesse Slade retourna chez Muse Tours. « Mr. Manville, dit-il, je sais qui je veux inspirer. » Il inhala à fond. « J'ai réfléchi, réfléchi, et mon plus grand bonheur serait de pouvoir aller à Vienne et d'inspirer à Ludwig van Beethoven l'idée de la *Neuvième symphonie*, vous savez, ce thème du quatrième mouvement chanté par le baryton et qui fait la-la la-la la-la-la-la... les filles d'Élysée, enfin, vous connaissez. » Il rougit. « Je ne suis pas musicien, mais toute ma vie j'ai admiré la *Neuvième* de Beethoven, surtout le choral...

— Ça a déjà été fait, dit Manville.

— Hein ? fit-il sans comprendre.

— C'est pris. » Manville avait l'air impatient, assis derrière son grand bureau à cylindre pur chêne remontant aux environs de 1910. Il sortit un épais classeur noir à armature métallique et en tourna les pages. « Il y a deux ans, une certaine Ruby Welch, de Montpellier, Idaho ; elle est retournée à Vienne inspirer à Beethoven le thème du mouvement choral de la *Neuvième.* » Manville referma bruyamment le classeur et releva les yeux. « Eh bien ? Quel est votre deuxième choix ? »

Slade balbutia : « Je... il faut que je réfléchisse. Laissez-moi le temps. »

Consultant sa montre, Manville déclara, très sec : « Je vous donne deux heures. Donc, jusqu'à trois heures cet après-midi. Bonne journée, Slade. » Il se mit debout et Slade l'imita machinalement.

Une heure plus tard, dans son bureau exigu, Jesse Slade sut en un éclair ce qu'il avait envie d'inspirer et à qui. Il mit aussitôt son manteau, s'excusa auprès d'un Hnatt compréhensif et s'empressa de se rendre chez Muse Tours.

« Eh bien, Mr. Slade, dit Manville en le voyant entrer. Déjà de retour ? Venez dans mon bureau. » Il le précéda à grandes enjambées. « Très bien, voyons cela. » Il ferma la porte derrière eux deux.

Jesse Slade passa sa langue sur ses lèvres desséchées, toussota et dit : « Mr. Manville, j'ai envie d'aller inspirer... bon, laissez-moi vous expliquer. Vous connaissez la grande science-fiction de l'âge d'or, entre 1930 et 1970 ?

— Oui, oui, fit Manville avec impatience, en fronçant les sourcils.

— À l'université, pour ma maîtrise de littérature anglaise, il a fallu que je lise beaucoup de science-fiction du XXe siècle, évidemment. Parmi les grands, trois auteurs se détachaient du lot : Robert Heinlein, avec son histoire du futur ; Isaac Asimov et son cycle épique des Fondations ; et puis... » Il prit une profonde et vibrante inspiration. « Celui sur qui j'ai fait mon mémoire. Jack Dowland. Des trois, Jack Dowland était considéré comme le plus grand. Son histoire future du monde a commencé à paraître en 1957, à la fois dans les magazines — sous forme de nouvelles — et sous forme de livres, à titre de romans complets. En 1963, Dowland était considéré comme...

— Hmm », fit Manville. Il ressortit le classeur noir et se mit à le feuilleter. « La science-fiction du XXe siècle... un centre d'intérêt plutôt spécialisé — heureusement pour vous. Voyons voir.

— J'espère que ça n'a pas été pris.

— Il y a là un client. Leo Parks, de Vacaville, Californie, a remonté le temps pour inspirer à A. E. van Vogt d'éviter les histoires d'amour et les westerns pour écrire de la science-fiction. » Tournant d'autres pages, Manville continua : « Et l'an dernier une autre cliente de Muse Tours, Julie Oxenblut, de Kansas City, Kansas, a demandé l'autorisation d'inspirer Robert Heinlein pour son histoire du futur... c'est de Heinlein que vous parliez, Mr. Slade ?

— Non, de Jack Dowland, le plus grand des trois.

Heinlein était un grand aussi, mais j'ai fait beaucoup de recherches là-dessus, Mr. Manville, et Dowland était plus grand.

— Non, cela n'a pas été fait », conclut Manville en refermant le classeur. Il tira un formulaire du tiroir de son bureau. « Vous remplissez ceci, Mr. Slade, puis nous attaquerons le sujet. Connaissez-vous l'année et l'endroit où Jack Dowland a commencé à travailler sur son histoire future du monde ?

— Oui. Il habitait une petite ville sur ce qui était alors la nationale 40, dans le Nevada, une ville du nom de Purpleblossom qui se composait de trois stations-service, un café-restaurant, un bar et un magasin de fournitures en tout genre. Dowland s'était installé là-bas à cause de l'atmosphère ; il voulait écrire des récits sur le vieil Ouest sous forme de scripts pour la télé. Il espérait se faire beaucoup d'argent.

— Je vois que vous connaissez votre sujet », commenta Manville, impressionné.

Slade poursuivit : « Durant son séjour à Purpleblossom, il a effectivement écrit un certain nombre de westerns pour la télé mais, pour une raison ou une autre, il n'en était pas satisfait. En tout cas, il est resté là, à tâter de domaines différents : littérature pour la jeunesse, articles sur la sexualité avant le mariage chez les adolescents pour les magazines chic de l'époque... Puis, d'un seul coup, en 1956, il se tourne soudain vers la science-fiction et produit aussitôt la plus remarquable histoire jamais vue dans le domaine. À l'époque, l'opinion était unanime, Mr. Manville ; j'ai lu ce texte et je suis d'accord. Il s'intitulait “Le père sur le mur” et continue à paraître dans des anthologies de temps à autre ; c'est le genre d'histoire qui ne mourra jamais. Et le magazine dans lequel elle est parue, *Fantasy & Science Fiction*, restera dans les mémoires pour avoir publié le premier récit de Dowland dans son numéro d'août 1957. »

Hochant la tête, Manville dit : « Et c'est ce chef-d'œuvre que vous désirez inspirer. Ce texte, et tout ce qui a suivi.

— Vous m'avez bien compris, monsieur.

— Remplissez votre formulaire et nous ferons le reste. » Il sourit à Slade qui, confiant, lui rendit son sourire.

L'opérateur du vaisseau temporel, un homme trapu aux cheveux coupés en brosse, dit brusquement à Slade : « O.K., mon vieux, v'z'êtes prêt ou pas ? Décidez-vous. »

Slade inspecta une dernière fois le costume du XXe siècle que Muse Tours lui avait procuré — un des services auxquels donnait droit la somme plutôt élevée qu'il s'était vu réclamer. Cravate étroite, pantalon sans revers, chemise rayée bon chic bon genre... oui, conclut Slade, d'après ce qu'il savait de l'époque, c'était authentique, jusqu'aux chaussettes extensibles colorées et aux chaussures italiennes à bout pointu. Il passerait sans la moindre difficulté pour un citoyen des États-Unis de l'an 1956, même à Purpleblossom, Nevada.

« Maintenant écoutez, dit l'opérateur en bouclant la ceinture de sécurité autour de la taille de Slade. Il y a certaines choses dont vous devez vous souvenir. D'abord, la seule façon de regagner 2040, c'est avec moi ; vous ne pouvez pas rentrer à pied. Et en second lieu, faites gaffe à ne pas changer le passé — j'veux dire, tenez-vous-en à votre projet d'inspirer cet individu, ce Jack Dowland, *un point c'est tout.*

— Bien sûr, fit Slade, déconcerté par cet avertissement.

— Trop de clients, reprit l'opérateur, vous seriez surpris de savoir combien, deviennent dingues quand ils retournent dans le passé ; ils contractent des illusions de grandeur et veulent changer toutes sortes de choses : éliminer les guerres, la famine et la pauvreté, vous voyez le genre. Changer l'histoire.

— Je ne ferai pas ça, dit Slade. Je ne m'intéresse pas à ce genre d'aventures cosmiques. » À ses yeux, inspirer Jack Dowland était suffisamment cosmique. Mais il était assez sensible pour comprendre la tentation. Dans son propre travail, il avait vu toutes sortes de gens.

L'opérateur claqua la trappe du vaisseau temporel, s'assura que Slade était convenablement sanglé, puis s'installa sur son propre siège devant les commandes. Il bascula un interrupteur, et quelques instants plus tard Slade était en route pour ses vacances loin de son monotone travail de bureau — pour l'an 1956 et le plus grand acte créatif de sa vie.

Le brûlant soleil du Nevada l'aveugla ; il plissa les yeux et chercha nerveusement Purpleblossom autour de lui. Il ne voyait qu'une morne étendue de rochers et de sable, le désert et son unique petite route passant entre les arbres de Judée.

« Sur la droite, dit l'opérateur du vaisseau temporel en pointant le doigt. Vous pouvez y être en dix minutes. Vous comprenez votre contrat, j'espère. Feriez bien de le relire. »

De la poche de poitrine de sa veste style années cinquante, Slade extirpa un long dépliant jaune : son contrat avec Muse Tours. « Il est stipulé ici que vous m'accorderez trente-six heures. Que vous me récupérerez à cet endroit et qu'il relève de ma responsabilité de revenir ici ; si je n'y suis pas, et si je ne peux pas être ramené dans ma propre époque, la compagnie n'est pas responsable.

— Exact », fit l'opérateur, qui regagna l'intérieur du vaisseau temporel. « Bonne chance, Mr. Slade. Ou, comme je devrais vous appeler, muse de Jack Dowland. » Il lui adressa un grand sourire, à demi par dérision, à demi par sympathie, puis referma la trappe derrière lui.

Jesse Slade était seul dans le désert du Nevada, à quatre cents mètres du minuscule bourg de Purpleblossom.

Il se mit en marche en s'essuyant le cou avec son mouchoir.

Il n'y eut aucun problème pour localiser la demeure de Jack Dowland, étant donné qu'il n'existait que sept maisons dans le village. Slade mit le pied sur la véranda branlante et découvrit l'allée avec sa poubelle, les cordes à linge, les morceaux de tuyaux mis au rebut... Garée dans l'allée, une voiture délabrée d'un modèle archaïque — même pour l'an 1956.

Il sonna, ajusta nerveusement sa cravate et, une fois de plus, révisa mentalement ce qu'il avait l'intention de dire. À ce stade de son existence, Jack Dowland n'avait pas encore écrit de science-fiction ; il était important de s'en souvenir — c'était en fait le point essentiel. C'était le nœud critique de sa vie — un moment historique, que ce fatal coup de sonnette. Bien sûr, Dowland ne le savait pas. Que faisait-il en ce moment même ? Écrivait-il ? Lisait-il les blagues d'un journal de Reno ? Dormait-il ?

Des pas. Tendu, Slade se tint prêt.

La porte s'ouvrit. Une jeune femme en pantalon de coton léger, les cheveux retenus par un ruban, le dévisagea tranquillement. Quels jolis petits pieds elle avait ! Elle portait des pantoufles ; elle avait la peau douce, le teint éclatant, et il se surprit à l'observer intensément, peu habitué qu'il était à voir autant de choses exposées chez une femme. Elle avait les chevilles entièrement à découvert...

« Oui ? » fit-elle d'une voix agréable mais un peu lasse. Il vit alors qu'elle était en train de *passer l'aspirateur* ; dans le salon, il y avait un appareil à réservoir de type G.E... Les historiens se trompaient donc : l'aspirateur à réservoir n'avait pas disparu en 1950 comme on le pensait.

Minutieusement préparé, Slade demanda d'une voix onctueuse : « Mrs. Dowland ? » La jeune femme acquiesça. Un enfant en bas âge apparut derrière sa mère et le dévisagea. « Je suis un fan de votre mari et de sa monumentale... » Oups ! Attention à la faute de parcours. « Hum », se reprit-il, utilisant une expression du XXe siècle souvent rencontrée dans les livres. « Tss-tss, fit-il. Ce que je veux dire, madame, c'est que je connais bien les œuvres de votre mari, Jack. J'ai fait une longue route à travers les badlands du désert pour l'observer dans son élément naturel.

— Vous connaissez l'œuvre de Jack ? » Elle paraissait surprise mais tout à fait ravie.

« À la télé. Ses scripts. De petites merveilles. » Il hocha la tête.

« Vous êtes anglais, non ? demanda Mrs. Dowland. Eh bien, vous voulez entrer ? » Elle ouvrit la porte en grand. « Jack est en train de travailler au grenier... le bruit des enfants le dérange. Mais je suis sûre qu'il voudra bien s'interrompre pour discuter un peu avec vous, surtout avec tout le chemin que vous avez fait. Vous êtes Mr... ?

— Slade. Jolie maison que vous avez là.

— Merci. » Elle le guida jusque dans une cuisine sombre et fraîche au centre de laquelle se trouvait une table en plastique ronde supportant des cartons de lait paraffinés, un plateau, un sucrier, deux tasses à café et d'autres objets amusants. « Jack ! cria-t-elle au pied d'une cage d'escalier. Un de tes fans veut te voir ! »

Loin au-dessus d'eux, une porte s'ouvrit. Des bruits de pas, puis, Slade se tenant raide comme un piquet, Jack Dowland apparut. C'était un bel homme, jeune, aux cheveux bruns légèrement clairsemés, vêtu d'un pull et d'un pantalon ; son visage, émacié et intelligent, était voilé par un froncement de sourcils. « Je travaille, dit-il sèchement. Même si je le fais à domicile, c'est un boulot comme un autre. » Il regarda Slade. « Que désirez-vous ? Vous êtes un "fan" de mon œuvre, dites-vous ? *Quelle* œuvre ? Bon Dieu, ça fait deux mois que je n'ai rien vendu ; je suis pratiquement sur le point de craquer.

— C'est parce qu'il vous reste à trouver le genre qui vous convient, Mr. Dowland. » Slade entendit sa propre voix trembler ; le grand moment était venu.

« Désirez-vous une bière, Mr. Slade ? demanda Mrs. Dowland.

— Merci, madame. Mr. Dowland, reprit-il, je suis ici pour vous inspirer.

— D'où venez-vous ? demanda Dowland, soupçonneux. Et comment se fait-il que vous portiez votre cravate de cette drôle de manière ?

— Drôle en quoi ? demanda Slade, mal à l'aise.

— Avec le nœud en bas plutôt qu'en haut, sur votre pomme d'Adam. » Dowland tournait autour de lui, l'étudiant d'un œil critique. « Et pourquoi avez-vous le crâne rasé ? Vous êtes trop jeune pour être chauve.

— La mode, dit faiblement Slade. Elle exige un crâne rasé. Du moins à New York.

— Crâne rasé, mon cul ! fit Dowland. Dites, qu'est-ce que vous êtes, une espèce de cinglé ? Qu'est-ce que vous voulez ?

— Chanter vos louanges. » Slade sentait la moutarde lui monter au nez ; une émotion nouvelle, l'indignation, l'envahit — il n'était pas traité convenablement et il le savait fort bien.

« Jack Dowland, dit-il en bégayant un peu, j'en sais plus que vous sur votre œuvre ; je sais par exemple que le genre qui vous convient est la science-fiction et non le western télévisé. Vous feriez mieux de m'écouter ; je suis votre muse. » Il se tut, respirant avec difficulté.

Dowland le regarda fixement, puis rejeta la tête en arrière et éclata de rire.

Également souriante, Mrs. Dowland dit : « Ma foi, je savais que Jack avait une muse mais je la voyais plutôt de sexe féminin. Toutes les muses ne sont-elles pas des femmes ?

— Non, fit Slade avec colère. Leon Parks, de Vacaville, Californie, qui a inspiré A. E. van Vogt, était un homme. » Il s'assit à la table en plastique ; ses jambes étaient trop flageolantes pour le soutenir. « Écoutez-moi, Jack Dowland...

— Pour l'amour du ciel, dit Dowland, appelez-moi Jack ou Dowland, mais pas les deux ; votre façon de parler n'est pas naturelle. Vous prenez du thé, autre chose ? » Il renifla bruyamment.

« Du thé ? fit Slade en écho, sans comprendre. Non, juste une bière, s'il vous plaît.

— Bon, venons-en au fait. J'ai hâte de retourner au travail. Même s'il est fait à la maison, *c'est* du travail. »

Le moment était venu pour Slade de débiter son panégyrique soigneusement préparé ; il s'éclaircit la gorge et commença : « Jack, si je puis vous appeler ainsi, je me demande pourquoi diable vous n'essayez pas la science-fiction. Je pense que...

— Je vais vous dire pourquoi », le coupa Jack Dowland. Il allait et venait, les mains dans les poches. « Parce qu'il va y avoir une guerre à base de bombes à hydrogène. L'avenir est sombre. Qui a envie d'écrire dessus ? Juste Ciel ! » Il secoua la tête. « Et de toute façon qui en lit ? Des adolescents boutonneux. Des inadaptés. Et puis c'est de la merde. Citez-moi une bonne histoire de science-fiction, une seule. J'ai ramassé un magazine dans le bus, une fois, quand j'étais dans l'Utah. De la merde ! Je n'écrirais jamais ce genre d'inepties même si ça payait bien, et je me suis renseigné : ça ne paye pas bien — autour d'un demi-*cent* le mot. Qui peut vivre avec ça ? » Dégoûté, il se dirigea vers l'escalier. « Je retourne travailler.

— Attendez », fit Slade, désespéré. Tout allait de travers. « Écoutez-moi jusqu'au bout, Jack Dowland.

— Vous recommencez à parler bizarrement », dit Dowland. Mais il s'arrêta et attendit. « Eh bien ?

— Je viens du futur, Mr. Dowland », lâcha Slade. Il n'était pas censé dire cela — Manville l'avait sévèrement mis en garde — mais sur le moment, cela lui parut le seul moyen susceptible de le sortir de ce mauvais pas, le seul moyen de retenir Jack Dowland.

« Quoi ? s'exclama Dowland.

— Je suis un voyageur temporel », insista faiblement Slade avant de sombrer dans le silence.

Dowland revint sur ses pas.

Quand il arriva au vaisseau temporel, Slade trouva le même opérateur court sur pattes assis par terre devant l'engin, en train de lire un journal. L'opérateur leva les yeux, fit un grand sourire et dit : « De retour sain et sauf, Mr. Slade ? Venez, on y va. » Il ouvrit la trappe et lui montra le chemin.

« Ramenez-moi, dit Slade. Ramenez-moi purement et simplement.

— Qu'est-ce qui cloche ? Vous n'avez pas aimé inspirer ?

— Je veux juste regagner ma propre époque.

— O.K. », fit l'opérateur en haussant un sourcil. Il sangla Slade sur son siège puis répéta l'opération de son côté.

Quand ils parvinrent à Muse Tours, Manville les attendait. « Entrez, Slade, dit-il, l'air sombre. J'ai quelques mots à vous dire. »

Lorsqu'ils furent seuls dans le bureau directorial, Slade commença : « Il était de mauvaise humeur, Mr. Manville. Ne m'en veuillez pas. » Il se tenait tête basse, l'impression d'être vide et vain.

« Vous... » Manville le regardait de haut avec incrédulité. « Vous *n'êtes pas arrivé* à l'inspirer ! Cela ne s'était encore jamais produit !

— Je pourrais peut-être repartir...

— Bon Dieu, reprit Manville, non seulement vous ne l'avez pas inspiré, mais vous l'avez braqué *contre* la science-fiction.

— Comment avez-vous découvert cela ? » demanda Slade. Il avait espéré passer ce détail sous silence, en faire un secret qu'il aurait emporté dans la tombe.

Manville lança sur un ton mordant : « Je n'ai eu qu'à jeter un œil sur les ouvrages de référence se rapportant à la littérature du XXe siècle. Une demi-heure après votre départ, la totalité des textes sur Jack Dowland — y compris la demi-page consacrée à sa biographie dans la *Britannica* — a disparu. »

Slade ne dit rien ; il regardait par terre.

« Alors je suis allé à la pêche aux renseignements, dit Manville. J'ai demandé aux ordinateurs de l'université de Californie de chercher toutes les mentions restantes de Jack Dowland.

— Y en avait-il ? marmonna Slade.

— Oui. Deux ou trois. Infimes, dans de rarissimes articles techniques traitant de façon détaillée et exhaustive de cette période. À cause de vous, Jack Dowland est désormais complètement inconnu du public — *et l'était même à son époque.* » Il lui agita un doigt sous le nez, haletant de colère. « À cause de vous, Jack Dowland n'a jamais écrit son épopée du futur de l'humanité. À cause de votre prétendue “inspiration”, il a continué à écrire des scripts pour des westerns télé — et il est mort à quarante-six ans, en écrivaillon totalement anonyme.

— Pas de science-fiction *du tout* ? » demanda Slade, incrédule. S'y était-il si mal pris ? Il n'arrivait pas à y croire ; vrai, Dowland avait âprement repoussé toutes ses suggestions ; vrai, il était remonté dans son grenier dans un état d'esprit particulier après que Slade avait dit ce qu'il avait à dire. Mais tout de même...

« D'accord, admit Manville, il existe *une* œuvre de science-fiction de Jack Dowland. Insignifiante, médiocre et totalement inconnue. » Il plongea une main dans un tiroir et en sortit un vieux magazine jauni qu'il lança à Slade. « Une nouvelle intitulée "L'Orphée aux pieds d'argile", sous le pseudonyme de Philip K. Dick. Personne ne l'a lue à l'époque, personne ne la lit maintenant — c'est le récit d'une visite faite à Dowland par... » Il lui décocha un regard furibond. « Par un idiot bien intentionné venu du futur avec l'idée abracadabrante de lui *inspirer* la rédaction d'une histoire mythologique du monde à venir. Eh bien, Slade ? Qu'avez-vous à dire ? »

Slade articula péniblement : « Il a utilisé ma visite comme base pour sa nouvelle. De toute évidence.

— Et cela lui a rapporté le seul argent qu'il ait jamais gagné en tant qu'écrivain de science-fiction — une somme extrêmement décevante, à peine suffisante pour justifier ses efforts. Vous êtes dans cette histoire, et moi aussi... Bon Dieu, Slade, vous avez dû tout lui raconter.

— Effectivement. Pour essayer de le convaincre.

— Eh bien, ça n'a pas marché ; il vous a pris pour un cinglé. Quand il a écrit ce texte, il était manifestement en proie à une bonne dose d'amertume. Laissez-moi vous demander une chose : était-il en train de travailler quand vous êtes arrivé ?

— Oui, mais Mrs. Dowland m'a dit...

— Il n'existe — il n'a existé — aucune Mrs. Dowland ! Dowland ne s'est jamais marié ! Il devait s'agir de la femme d'un voisin avec qui il avait une aventure. Pas étonnant qu'il ait été furieux ; vous avez interrompu son rendez-vous galant avec cette fille, peu importe qui c'était. Elle est dans l'histoire, elle aussi ; il a tout mis dedans et a abandonné sa maison de Purpleblossom, Nevada, pour aller s'installer à Dodge City, Kansas. »

Il y eut un silence.

« Hum, finit par dire Slade. Euh, est-ce que je pourrais réessayer ? Avec quelqu'un d'autre ? Sur le chemin du retour, j'ai pensé à Paul Ehrlich et à sa balle magique, sa découverte du traitement de...

— Écoutez, le coupa Manville. J'ai réfléchi, moi aussi. Vous repartez, mais pas pour inspirer le Dr. Ehrlich, ni Beethoven, ni Dowland, ni personne — personne d'utile à la société. »

Slade leva les yeux avec appréhension.

« Vous allez repartir, fit Manville entre ses dents, pour *désinspirer* des gens comme Adolf Hitler, Karl Marx, Sanrome Clinger...

— Vous me jugez à ce point inefficace..., grommela Slade.

— Exactement. Nous allons commencer avec Hitler durant sa période d'emprisonnement après la première tentative avortée pour s'emparer du pouvoir en Bavière. Quand il a dicté *Mein Kampf* à Rudolf Hess. J'en ai discuté avec mes supérieurs : tout est réglé ; vous serez son compagnon de cellule, vous comprenez ? Et vous lui recommanderez d'écrire, comme avec Jack Dowland. En l'occurrence, d'écrire son autobiographie détaillée exposant en détail son programme politique pour le monde. Et si tout se passe bien...

— Je vois, murmura Slade, les yeux à nouveau rivés au sol. C'est une idée... inspirée, mais je crains d'avoir quelque peu faussé le sens de ce mot.

— Ne m'en accordez pas la paternité. Je l'ai tirée de la lamentable nouvelle de Dowland, "L'Orphée aux pieds d'argile" ; c'est comme ça qu'il dénoue les choses à la fin. » Il tourna les pages du vieux magazine jusqu'à trouver le passage concerné. « Lisez ça, Slade. Vous allez voir, ça va jusqu'à votre rencontre avec moi ; ensuite, vous partez faire des recherches sur le parti nazi afin de mieux désinspirer Hitler pour qu'il n'écrive pas son autobiographie, et peut-être empêcher la Seconde Guerre mondiale. Si vous ne parvenez pas à désinspirer Hitler, nous vous mettrons sur Staline. Et si vous ne parvenez pas à désinspirer Staline, alors...

— Ça va, marmonna Slade, j'ai compris ; vous n'êtes pas obligé de me mettre les points sur les i.

— Et vous vous exécuterez, insista Manville, parce que dans "L'Orphée aux pieds d'argile", vous êtes d'accord. Tout est donc déjà décidé. »

Slade opina. « Tout ce que vous voudrez. Je tiens à réparer.

— Espèce d'idiot ! Comment avez-vous pu vous y prendre aussi mal ?

— C'était un jour sans. Je suis sûr de faire mieux la prochaine fois. » Peut-être avec Hitler, se dit-il.

Peut-être puis-je le désinspirer en beauté, comme jamais personne ne s'est fait désinspirer dans l'Histoire.

« Nous vous appellerons l'anti-muse, dit Manville.

— Brillante idée. »

D'une voix lasse, l'autre reprit : « Ne me félicitez pas ; complimentez plutôt Jack Dowland. Ça aussi, c'est dans sa nouvelle. Tout à la fin.

— Ah bon ? C'est comme ça que ça finit ?

— Non, ça finit quand je vous présente la facture — pour vous avoir envoyé désinspirer Adolf Hitler. Cinq cents dollars, payables d'avance. » Il tendit la main. « Au cas où vous ne reviendriez pas. »

Résigné, accablé, Jesse Slade porta aussi lentement que possible la main à la poche de sa veste — celle du XXe siècle — pour y prendre son portefeuille.

Une odyssée terrienne

Titre original :

A TERRAN ODYSSEY

paru dans The Little Black Box, *vol. 5 de* The Collected Stories of Philip K. Dick, *Underwood/Miller, 1987 (manuscrit reçu par Scott Meredith Literary Agency le 17/3/64).*

Orion Stroud, président du conseil scolaire de West Marin, poussa la lampe à essence Coleman pour qu'elle baigne de sa lumière blanche et crue la salle de service et que les quatre membres du conseil voient bien le nouveau professeur.

« Je vais lui poser quelques questions, déclara Stroud aux autres. Mais avant tout, je vous présente Mr. Barnes, qui vient de l'Oregon. Il dit être spécialiste en sciences et en comestibles naturels. Est-ce exact, Mr. Barnes ? »

Le nouveau professeur, petit de taille et jeune d'allure, portait une chemise kaki et un pantalon de grosse toile ; il s'éclaircit nerveusement la gorge. « En effet, je connais bien la chimie, les animaux et les plantes, en particulier ce qu'on peut trouver dans les bois, comme les baies et les champignons.

— Nous avons eu récemment des mésaventures avec les champignons », commenta Mrs. Tallman, la vieille dame qui était déjà membre du conseil dans l'ancien temps, avant la Crise. « Depuis, nous avons tendance à les éviter.

— J'ai jeté un œil à vos prés et vos bois, reprit Mr. Barnes, et j'ai vu quelques beaux spécimens de champignons nutritifs ; vous pouvez compléter votre alimentation sans danger. Je connais même leurs noms latins. »

On s'agita en murmurant. *Ça les a impressionnés*, se dit Stroud, *cette histoire de noms latins.*

« Pourquoi avez-vous quitté l'Oregon ? » demanda sans ambages George Keller, le principal.

Le nouveau professeur lui fit face et dit : « Pour des raisons politiques.

— S'agissait-il de vos opinions ou des leurs ?

— Des leurs. Moi, je ne fais pas de politique. J'apprends aux enfants à fabriquer de l'encre et du savon, à couper la queue des agneaux même quand ceux-ci sont presque adultes. Et je possède des livres bien à moi. » Il en prit un sur la petite pile qui se dressait à côté de lui et montra au conseil à quel point ils étaient tous en bon état. « Autre chose : ici, dans cette région de Californie, vous avez les moyens de fabriquer du papier. Vous le saviez ? »

Mrs. Tallman déclara : « Nous le savions, Mr. Barnes, mais ce que nous ignorons, c'est le procédé détaillé. C'est à partir de l'écorce des arbres, n'est-ce pas ? »

Le nouveau professeur prit une expression énigmatique, comme s'il cachait quelque chose. Stroud savait que Mrs. Tallman avait raison, mais le nouveau professeur ne voulait pas l'informer ; il préférait garder ce savoir pour lui parce que les administrateurs de West Marin ne l'avaient pas encore embauché. Son savoir n'était pas encore disponible pour eux — il ne livrerait rien gratuitement. Et bien sûr, c'était normal, Stroud le reconnaissait ; il respectait cela chez Barnes. Seuls les imbéciles donnaient pour rien.

Mrs. Tallman examinait minutieusement la pile de livres. « Je vois que vous avez les *Types psychologiques* de Carl Jung. La psychologie fait-elle partie des sciences que vous professez ? Comme c'est bien d'accueillir dans notre école un professeur qui sache reconnaître les champignons comestibles et fasse aussi autorité sur Freud et Jung.

— Je ne vois pas en quoi ces choses-là peuvent nous être utiles, dit Stroud avec irritation. Nous avons besoin de sciences concrètes, pas de blabla intello. » Il se sentait trahi ; Barnes ne lui avait pas parlé de son intérêt pour la théorie pure. « Ce n'est pas la psychologie qui va creuser nos fosses septiques.

— Je pense que nous sommes prêts à voter, dit Miss Costigan, le plus jeune membre du conseil. Pour ma part, je suis d'avis de le prendre, au moins à titre provisoire. Quelqu'un est-il d'un autre avis ? »

Mrs. Tallman dit à Barnes : « Nous avons tué notre précédent professeur, vous savez. C'est pour ça qu'il nous en faut un autre. C'est pour ça que nous avons envoyé Mr. Stroud passer la côte au peigne fin jusqu'à ce qu'il vous trouve.

— Si nous l'avons tué, c'est qu'il nous avait menti, plaça Miss Costigan. La véritable raison de sa présence ici n'avait rien à voir avec l'enseignement. Il était en fait à la recherche d'un dénommé Jack Tree, qui habitait effectivement la région. Mrs. Keller, qui est un membre respecté de cette communauté et par ailleurs l'épouse de George Keller ici présent, est une amie très proche de ce Mr. Tree ; c'est elle qui nous a révélé le pot aux roses, et bien sûr nous avons réagi officiellement et en toute légalité par l'intermédiaire de notre chef de la police, Mr. Earl Colvig.

— Je vois », fit Barnes sans ciller après avoir écouté sans intervenir.

Orion Stroud prit la parole. « Le jury qui l'a condamné et exécuté se composait de moi-même, de Cas Stone, le plus gros propriétaire terrien de West Marin, de Mrs. Tallman et de Mrs. June Raub. Je dis "exécuté" mais vous comprenez bien que l'acte lui-même a été accompli par Earl. C'est son boulot, une fois que le jury officiel de West Marin a pris sa décision. » Il dévisagea le nouveau professeur.

« Ça me semble tout à fait dans les règles et dans l'esprit de la loi, dit Barnes. Exactement ce qui me convient. » Il leur sourit et la tension se relâcha dans la pièce ; on se mit à murmurer.

Quelqu'un alluma une cigarette — une Gold Label Special Deluxe d'Andrew Gill — dont l'odeur puissante emplit agréablement les narines et redonna de l'entrain aux membres du conseil en suscitant entre eux une certaine convivialité, plus une sympathie accrue à l'égard du nouveau professeur.

Quand Mr. Barnes vit la cigarette, il prit une expression étrange et dit d'une voix rauque : « Vous avez du *tabac* par ici ? Après sept ans ? » Manifestement, il n'arrivait pas à y croire.

L'air amusé, Mrs. Tallman déclara : « Mais non, voyons ; *personne* n'en a. En revanche, nous avons un *expert* en tabac. Il nous fabrique ces Gold Label Special Deluxe à partir de végétaux divers qu'il fait vieillir et dont le nom demeure à juste titre son secret.

— Combien coûtent-elles ? s'enquit Barnes.

— En papier-monnaie californien, répondit Orion Stroud, cent dollars pièce. En monnaie sonnante et trébuchante d'avant-guerre, un *nickel.*

— J'en ai justement un », dit Barnes en plongeant une main tremblante dans la poche de son manteau ; il y fourragea un moment, en sortit le nickel en question et le tendit au fumeur, en l'occurrence George Keller, qui s'adossait confortablement au dossier de son fauteuil, les jambes croisées.

« Désolé, dit George, je ne suis pas vendeur. Allez directement trouver Mr. Gill à son magasin, ici, à Point Reyes Station, bien qu'il sillonne la région à bord de son minibus VW tiré par des chevaux.

— J'en prends note », dit Barnes. Il rangea fort soigneusement sa piécette.

« Vous avez l'intention de prendre le ferry ? demanda l'employé municipal d'Oakland. Sinon, j'aimerais que vous déplaciez votre véhicule ; il bloque le passage.

— D'accord », dit Stuart McConchie. Il remonta dans sa voiture, donna un petit coup de rênes pour faire avancer Édouard Prince de Galles, son cheval. Édouard tira ; la Pontiac 1975 sans moteur passa le portail et s'avança sur la jetée.

La Baie, bleue et clapotante, s'étendait de part et d'autre ; Stuart regarda à travers le pare-brise une mouette descendre en piqué pour s'emparer de quelque nourriture sur les pilotis. Il y avait aussi des cannes à pêche... des hommes qui attrapaient leur repas du soir. Plusieurs portaient des restes d'uniforme militaire. Des vétérans qui vivaient peut-être sous la jetée. Stuart continua de rouler.

Si seulement il pouvait se permettre de téléphoner à San Francisco ! Mais le câble sous-marin était à nouveau hors service et il fallait passer par San Diego et remonter de l'autre côté, le long de la péninsule, et d'ici à ce que son appel arrive à destination, cela lui coûterait cinq dollars argent. Aussi était-ce hors de question, sauf pour les riches ; il devrait attendre deux heures que le ferry parte... enfin, s'il en avait la patience.

Il était sur quelque chose d'important.

La rumeur prétendait qu'on avait trouvé un énorme missile soviétique téléguidé, un de ceux qui n'avaient pas explosé ; il gisait enfoui dans la terre près de Belmont, où un fermier l'avait découvert en labourant. Il le vendait en pièces détachées et le seul système de guidage en comptait plusieurs milliers. Il en demandait un *penny* pièce et on pouvait choisir. Or, dans sa branche, Stuart avait grand besoin de pièces détachées. Mais c'était aussi le cas de beaucoup d'autres gens. Alors le premier arrivé était le premier servi ; s'il ne traversait pas la Baie jusqu'à Belmont dans les plus brefs délais, il arriverait trop tard.

Il vendait (quelqu'un d'autre les fabriquait) de petits pièges électroniques. Les animaux nuisibles avaient muté et savaient désormais éviter ou écarter les pièges passifs de type ordinaire, si compliqués fussent-ils. Les chats, surtout, avaient changé, et Mr. Hardy construisait un piège à chats de qualité supérieure, meilleur encore que ses pièges à rats et à chiens. Ces bestioles étaient dangereuses ; elles dévoraient les petits enfants quasi à volonté — c'était du moins ce qu'on prétendait. Bien sûr, à l'occasion elles se faisaient elles-mêmes capturer et consommer en retour. Les chiens, en particulier, étaient très prisés une fois farcis de riz ; le petit hebdomadaire local de Berkeley proposait des recettes de soupe au chien, de ragoût de chien et même de pudding au chien.

Ce dernier plat lui rappela à quel point il avait faim. D'ailleurs, il avait l'impression d'avoir faim depuis que la première bombe était tombée ; son dernier repas digne de ce nom, il l'avait pris à *La Bonne Table de Fred* le jour où il avait vu par hasard le phocomèle Hoppy Harrington faire son numéro d'extralucide bidon. Il se demanda soudain où pouvait se trouver le petit phoco maintenant. Il n'avait plus repensé à lui depuis des années.

Depuis, bien sûr, on voyait beaucoup de phocos,

presque tous sur leur phocomobile, comme Hoppy à l'époque, tels de petits dieux sans bras ni jambes placés au beau milieu de leur univers miniature. Ce spectacle lui répugnait toujours, mais on voyait tant de choses peu ragoûtantes désormais...

À la surface de l'eau, sur sa droite, un ancien combattant cul-de-jatte se propulsait vers le large à bord d'un radeau ; il cherchait manifestement à rejoindre à la rame un amas de débris qui ne pouvait être qu'un navire échoué. Sur l'épave on distinguait quantité de lignes ; c'était lui qui les avait posées et il partait en faire le tour. En suivant le radeau du regard, Stuart se demanda s'il serait capable de faire la traversée jusqu'à San Francisco. Il pouvait offrir cinquante *cents* à son propriétaire pour qu'il lui fasse faire l'aller simple ; pourquoi pas ? Stuart descendit de voiture et gagna le bord de la jetée.

« Hé ! cria-t-il, par ici. » Il tira un *penny* de sa poche et le lança sur la jetée ; cela n'échappa pas à l'ancien combattant, qui fit brusquement pivoter son radeau et revint en pagayant rapidement, peinant pour gagner de la vitesse, le visage ruisselant de transpiration. D'en bas, il sourit amicalement à Stuart en portant une main en coupe à son oreille.

« C'est pour du poisson ? lança-t-il. Je n'en ai pas encore pris aujourd'hui, mais qu'est-ce que vous diriez d'un petit requin dans un moment ? Garanti sans danger. » Il brandit le compteur Geiger en piteux état qu'il avait attaché à sa taille à l'aide d'une corde — pour éviter qu'il ne tombe à l'eau ou qu'on n'essaie de le lui voler, comprit Stuart.

« Non, répondit Stuart en s'accroupissant. Je voudrais faire la traversée jusqu'à San Francisco ; je vous offre vingt-cinq *cents* pour un aller.

— Il faudrait que j'abandonne mes lignes, dit l'autre, dont le sourire s'évanouit. Je dois absolument les relever, sinon on me les volera pendant mon absence.

— Trente-cinq *cents* », dit Stuart.

Ils finirent par tomber d'accord sur quarante *cents*. Stuart entrava au cadenas les jambes d'Édouard Prince de Galles pour qu'on ne le lui dérobe pas et se retrouva bientôt sur la Baie à tanguer sur le radeau du vieux, qui ramait en direction de San Francisco.

« Vous êtes dans quelle branche ? lui demanda l'ancien combattant. Vous êtes pas percepteur, au moins ? » Il le considéra calmement.

« Non, dit Stuart. Je fais dans les petits pièges.

— Écoutez, l'ami. J'ai un rat apprivoisé qu'habite avec moi sous les pilotis. Il est malin ; il sait jouer de la flûte. Je vous fais pas marcher, c'est vrai. J'ai fabriqué une petite flûte en bois et il en joue, par le nez... c'est presque une de ces flûtes nasales asiatiques, comme ils en ont en Inde. Enfin, je l'avais, ce rat, mais l'autre jour il s'est fait écraser. J'ai tout vu ; j'ai pas pu aller le rattraper ni rien. Il a traversé la jetée en courant pour attraper quelque chose, peut-être un bout de tissu... Je lui ai fabriqué un lit mais il prend... je veux dire il *prenait* tout le temps froid parce qu'ils ont muté, dans cette espèce-là ; ils ont perdu leur poil.

— J'en ai vu des comme ça », dit Stuart en songeant à la débrouillardise des rats bruns sans poils, qui échappaient même aux pièges électroniques de Hardy. « En fait, je vous crois. Je connais assez bien les rats. Mais ce n'est rien comparé aux petits chats rayés gris et brun... Je parie que vous avez été obligé de fabriquer la flûte ; il n'avait pas pu la faire lui-même.

— Exact, dit le vétéran. Mais c'était un artiste. Si vous l'aviez entendu jouer ! Je lui ramenais tout un public, le soir, quand on avait fini de pêcher. J'essayais de lui apprendre la *Chaconne en ré* de Bach.

— J'ai attrapé un de ces chats tigrés, une fois, dit Stuart ; je l'ai gardé un mois avant qu'il ne s'échappe. Il savait fabriquer de petits objets pointus à partir de couvercles de boîtes de conserve. Il les pliait ou je ne sais quoi ; je n'ai jamais vu comment il s'y prenait, mais ils étaient drôlement dangereux. »

Tout en ramant, le vétéran demanda : « Comment c'est au sud de San Francisco, maintenant ? Je peux pas grimper à quai. » Il désigna la partie inférieure de son corps. « Je reste sur le radeau. Il y a une petite trappe pour quand je dois faire mes besoins. Ce qu'il faudrait, c'est que j'arrive à me trouver un phoco mort et que je lui prenne sa carriole. On appelle ça des phocomobiles.

— J'ai connu le premier phoco, dit Stuart, avant la guerre. Il était génial ; il pouvait réparer n'importe quoi. » Il alluma une cigarette de similitabac ; la bouche du vétéran en béa de convoitise. « Le sud de San Francisco, comme vous le savez, c'est tout plat. Alors la région a été salement touchée, et maintenant c'est plus que des terres cultivées. On n'a jamais reconstruit, et comme c'était surtout de petits pavillons, les caves sont à peu près inutilisables. On fait pousser des pois, du maïs, des haricots. Ce que je vais voir, moi, c'est une grosse roquette qu'un fermier vient de trouver ; j'ai besoin de connecteurs, de tubes et autres composants électroniques pour les pièges de Mr. Hardy. » Il s'interrompit. « Vous devriez avoir un piège Hardy.

— Pourquoi ? Je vis de la pêche et j'ai rien contre les rats. Au contraire, je les aime bien.

— Moi aussi, je les aime bien, dit Stuart, mais il faut être pratique ; penser à l'avenir. Un jour l'Amérique sera peut-être dominée par les rats si nous ne faisons pas attention. C'est notre devoir de citoyens de tuer les rats, surtout les plus intelligents, ceux qui deviendraient leurs chefs naturels. »

Le vétéran le regarda d'un œil noir. « Du boniment de représentant, tout ça.

— Je suis sincère.

— C'est bien ça que je reproche aux représentants de commerce ; ils croient en leurs propres mensonges. Vous le savez très bien, même après un million d'années d'évolution, tout ce que les rats arriveront *jamais* à faire, c'est peut-être devenir nos domestiques, à nous autres humains. Porter nos messages et faire un peu de travail manuel. Mais quant à imaginer qu'ils puissent devenir dangereux... » Il secoua la tête. « Combien ça se vend, vos pièges ?

— Dix dollars argent pièce. On n'accepte pas les bouts de papier de l'État ; Mr. Hardy est un homme âgé et vous savez comment sont les vieilles personnes ; pour lui, le papier-monnaie, ce n'est pas *vraiment* de l'argent. » Stuart rit.

« Un jour, j'ai vu un rat accomplir un acte d'héroïsme... », commença l'ancien combattant, mais Stuart l'interrompit.

« J'ai mes opinions personnelles, dit Stuart. Inutile d'en discuter. »

Alors ils se turent. Stuart admirait la Baie alentour ; le vétéran ramait. La journée était belle et, tandis qu'ils avançaient cahin-caha vers San Francisco, Stuart pensa aux composants électroniques qu'il pourrait rapporter à Mr. Hardy, à l'usine de San Pablo Avenue, près des ruines de l'ex-zone ouest de l'université de Californie.

« C'est quel genre de cigarette ? demanda bientôt le vétéran.

— Ça ? » Stuart examina son mégot ; il était sur le point de l'éteindre avant de le placer dans la petite boîte métallique qu'il avait constamment en poche. Elle était pleine de mégots qui seraient récupérés et recyclés par Tom Grandi, le fabricant local de South Berkeley. « Ça, c'est de l'importation. De Marin County. C'est une Gold Label Deluxe fabriquée par... » Il s'interrompit pour ménager son effet. « Mais vous le savez comme moi.

— Andrew Gill, compléta le vétéran. Dites, j'aimerais vous en acheter une entière ; je vous en donne dix *cents*.

— Elles en valent quinze pièce, dit Stuart. Elles doivent faire le tour par Black Point et Sears' Point puis remonter par Lucas Valley Road, depuis je ne sais où derrière Nicasio.

— J'en ai fumé une, une fois, reprit le vétéran. Elle était tombée de la poche d'un type qui embarquait sur le ferry ; je l'ai repêchée et je l'ai fait sécher. »

Sur une impulsion, Stuart lui tendit le mégot.

« Bon sang », fit l'autre sans le regarder. Il ramait rapidement, en remuant les lèvres et en clignant des paupières.

« J'en ai d'autres, dit Stuart.

— Je vais vous dire ce que vous avez d'autre, monsieur ; vous êtes *humain*, et ça, c'est rare de nos jours. Très rare. »

Stuart acquiesça. Il pressentait un fond de vérité dans les paroles du vieux.

La fillette des Keller frissonnait, assise sur la table d'examen, et, en observant son corps mince et pâle, le Dr. Stockstill songea à un gag qu'il avait vu à la télévision des années plus tôt, bien avant la guerre. Un ventriloque espagnol qui faisait parler une poule... laquelle avait pondu un œuf.

« Mon fils, disait la poule, désignant l'œuf.

— Tu es sûre ? demandait le ventriloque. Ce ne serait pas plutôt ta fille ? »

Et la poule, drapée dans sa dignité, répondait : « Je connais mon affaire. »

Cette enfant était peut-être la fille de Bonny Keller mais, pensait le Dr. Stockstill, pas celle de George Keller. *J'en suis certain...Je connais mon affaire.* Avec qui Bonny avait-elle eu une liaison, sept ans plus tôt ? L'enfant avait dû être conçue très près du jour où la guerre avait éclaté. Mais pas *avant* les bombes, c'était clair. *Peut-être ce fameux jour*, rumina-t-il. C'était bien Bonny, ça : se précipiter dehors pendant que les bombes pleuvaient, que la fin du monde menaçait, pour vivre un bref et frénétique spasme amoureux, peut-être même avec un homme qu'elle ne connaissait même pas, le premier venu... *Et voilà le résultat.*

L'enfant sourit et il lui rendit son sourire. Superficiellement, Edie Keller paraissait normale ; elle ne semblait pas faire partie des « gosses bizarres ». Mais il regrettait amèrement de ne pas avoir d'appareil à rayons X, parce que...

Il dit à voix haute : « Parle-moi encore de ton frère.

— Eh ben, fit Edie Keller de sa voix douce et frêle, je lui parle tout le temps, et quelquefois il répond pendant un moment, mais le plus souvent il dort. Il dort presque tout le temps.

— Est-ce qu'il dort en ce moment ? »

La fillette resta un instant silencieuse. « Non », répondit-elle.

Le Dr. Stockstill se leva et alla vers la fillette. « Montre-moi exactement où il est. »

L'enfant désigna son flanc droit, vers l'aine ; *à proximité de l'appendice*, se dit-il. C'était là que se situait la douleur. Bonny et George avaient commencé à se faire du souci et lui avaient amené la petite. Ils étaient au courant, pour le frère, mais ils y voyaient un camarade de jeux imaginaire qui tenait compagnie à leur fille. Le médecin lui-même avait penché pour cette hypothèse, au début ; le dossier ne faisait pas mention du frère dont parlait Edie, Bill, qui avait exactement le même âge qu'elle. Qui était né en même temps qu'elle, évidemment, comme elle le lui avait dit.

« Pourquoi "évidemment" ? » lui avait-il demandé, en entreprenant de l'examiner — il avait prié les parents d'attendre à côté tant l'enfant semblait réticente devant eux.

Edie avait répondu, comme toujours calme et solennelle : « Parce que c'est mon frère jumeau. Comment pourrait-il être en moi, sinon ? » Comme la poule du ventriloque espagnol, elle s'exprimait avec autorité, avec assurance ; elle aussi connaissait son affaire.

Durant les sept années écoulées depuis la guerre, le Dr. Stockstill avait examiné des centaines de « gens bizarres » et vu passer maintes variantes étranges, voire déroutantes, parmi toutes celles qu'avait pu revêtir l'espèce humaine et qui s'épanouissaient désormais sous des cieux plus tolérants — quoique voilés de fumée. Rien ne pouvait plus le choquer. Pourtant, ce cas précis, cette enfant qui portait un frère vivant dans son corps, dans la région inguinale... cela le troublait. Depuis sept ans Bill Keller résidait là-dedans ; Stockstill croyait au dire de la fillette, il savait que c'était possible. Ce n'était pas le premier cas de ce genre. S'il avait eu son appareil de radiographie, il l'aurait vu, cet être minuscule, ratatiné, probablement pas plus gros qu'un lapereau. De fait, il le sentait à la palpation... Il délimita les contours de la poche kystique. La tête était en position normale, le corps — correctement formé — entièrement contenu dans la cavité abdominale. Un jour la petite fille mourrait et on pratiquerait une autopsie ; on trouverait une petite silhouette masculine toute ridée, peut-être pourvue d'une barbe blanche et d'yeux aveugles... son frère, qui n'aurait jamais dépassé la taille d'un bébé lapin.

En attendant, Bill dormait la plupart du temps, mais lui et sa sœur discutaient parfois. Qu'avait-il donc à dire ? Quel savoir pouvait-il détenir ?

Edie avait la réponse. « Il ne sait pas grand-chose. Il ne voit rien du tout, mais il pense. Et moi, je lui raconte ce qui se passe pour qu'il ne rate rien.

— Qu'est-ce qui l'intéresse ? » demanda Stockstill.

Edie réfléchit : « Ma foi, il... euh, il aime qu'on lui parle de nourriture.

— De nourriture ! fit Stockstill, fasciné.

— Oui. Il ne mange pas, vous savez. Il aime bien que je lui dise et redise ce que j'ai eu pour dîner, parce que ça lui parvient, au bout d'un moment... enfin, je crois. Il faut bien, pour qu'il vive, non ?

— Si, dit Stockstill.

— Il aime surtout quand je mange des pommes ou des oranges. Et... il aime écouter des histoires. Il veut toujours qu'on lui parle d'endroits lointains comme New York. Je voudrais l'emmener là-bas, un jour, pour qu'il voie à quoi ça ressemble. Enfin, pour que *je* voie et que je lui raconte après.

— Je vois que tu prends bien soin de lui. » Stockstill était profondément touché. Pour la fillette, la situation était normale ; elle avait toujours vécu ainsi — elle ne connaissait pas d'autre mode d'existence.

« J'ai peur qu'il meure un jour, dit-elle soudain.

— Je ne crois pas, dit Stockstill. Le plus probable, c'est qu'il va grandir. Et ça, ça peut poser un problème ; ton corps aurait sans doute du mal à le loger.

— Est-ce qu'il naîtrait, alors ? » Edie le dévisageait de ses grands yeux sombres.

« Non, dit Stockstill. Il n'est pas au bon endroit pour ça. Il faudrait le sortir — en opérant. Mais il ne survivrait pas. Il ne peut vivre qu'à l'intérieur de toi. » *En parasite*, pensa-t-il en se gardant de prononcer le mot. « Nous nous préoccuperons de cela le moment venu, s'il vient un jour. »

Edie déclara : « Je suis contente d'avoir un frère ; il m'empêche de me sentir seule. Même quand il dort je le sens, je sais qu'il est là. C'est comme avoir un bébé à l'intérieur de moi ; je ne peux pas le promener dans une poussette ni l'habiller ni rien, mais c'est amusant de lui parler. Par exemple, je lui parle de Mildred.

— Mildred ! » Le médecin était désorienté.

« Vous savez bien. » L'enfant sourit de son ignorance. « La femme qui n'arrête pas de revenir vers Philippe. Qui gâche sa vie. Ce qu'on écoute tous les soirs. Le satellite.

— Ah ! » Elle voulait parler du livre de Somerset Maugham que lisait Walt Dangerfield, le disc-jockey qui décrivait son orbite quotidienne au-dessus de leurs têtes. *Troublant*, songea le Dr. Stockstill, *ce parasite qui habite son corps, dans une moiteur et une obscurité permanentes, qui se nourrit de son sang et entend par son intermédiaire, d'une manière qui nous échappe, quelqu'un lire un roman connu... Par ce biais, Bill Keller s'intègre à notre culture. Il a sa grotesque existence sociale... Dieu sait ce qu'il comprend à ce récit. Cela le fait-il fantasmer ? S'imagine-t-il notre vie ?* Rêve-t-il *de nous ?*

Stockstill se pencha et embrassa l'enfant sur le front. « Bon. Tu peux t'en aller maintenant. Je vais dire quelques mots à tes parents ; il y a de très vieux magazines d'avant-guerre que tu peux lire dans la salle d'attente ; ils sont authentiques, tu sais. »

Quand il ouvrit la porte, George et Bonny Keller se levèrent, le visage tendu par l'anxiété.

« Entrez », leur dit Stockstill. Il referma la porte derrière eux. Il avait déjà décidé de ne pas leur dire la vérité à propos de leur fille... *ni*, se dit-il, *à propos de leur fils*. Mieux valait qu'ils ne sachent pas.

Quand il regagna l'East Bay après son excursion jusqu'à la péninsule, Stuart McConchie découvrit qu'on avait tué et mangé son cheval, Édouard Prince de Galles. Sans aucun doute des vétérans vivant sous la jetée. Il ne restait que le squelette, les pattes et la tête, un amas de restes sans valeur pour personne. Il réfléchit. Décidément, ce voyage lui avait coûté cher. Car en plus, il était arrivé trop tard ; à un *penny* pièce, le fermier avait déjà écoulé tous les composants électroniques de son missile soviétique.

Mr. Hardy lui fournirait un autre cheval, bien sûr, mais il s'était attaché à Édouard, Et c'était mal de tuer un cheval pour le manger : on avait tellement besoin d'eux pour d'autres choses ! Ils étaient presque le seul moyen de transport, maintenant que le bois avait été entièrement consumé par les voitures et les habitants des caves qui s'en servaient pour se chauffer en hiver. En outre, on avait besoin d'eux pour la reconstruction — en l'absence d'électricité, ils représentaient la principale source d'énergie. La mise à mort d'Édouard était d'une bêtise qui le rendait fou furieux ; cela ressemblait à de la barbarie, ce que tous redoutaient. C'était l'anarchie, en plein centre-ville d'Oakland, en plein jour. C'était digne des Rouges, des Chinois.

Il partit à pied vers San Pablo Avenue. Le soleil entamait son déclin ; on aurait bientôt droit à l'immense et somptueux coucher de soleil dont on avait pris l'habitude depuis la Crise. Stuart le remarqua à peine. *Je devrais peut-être me trouver un autre boulot*, se disait-il. *Les pièges pour petits animaux, ça nourrit son homme, mais il n'y a pas d'avancement. Non, pas de grand avenir dans cette branche-là.*

La perte de son cheval l'avait déprimé ; il gardait les yeux baissés sur le trottoir craquelé et envahi par les mauvaises herbes, sans regarder les décombres des anciennes usines. Dans un terrain vague, une créature au regard avide émergea d'un terrier et enregistra son passage ; *une créature*, se dit-il, maussade, *qui devrait être pendue par les pattes de derrière, avec la peau en moins.*

Sinistres, ces ruines, la lividité enfumée du ciel animé de brefs éclairs, ces yeux voraces qui le suivaient toujours tandis que leur propriétaire se demandait s'il pouvait attaquer sans danger... Il ramassa un petit bloc de béton et le jeta sur le terrier — une couche dense de matière organique et inorganique bien tassée, cimentée par endroits à l'aide d'une sorte de bave blanche. La créature avait recyclé des débris épars pour en faire une pâte utilisable. *Il doit être drôlement intelligent, cet animal*, pensa-t-il. Mais au fond, il ne s'en souciait guère.

J'ai évolué, moi aussi, se dit-il. *J'ai les idées beaucoup plus claires qu'autrefois ; je te prends quand tu veux. Alors laisse tomber.*

J'ai peut-être évolué, songea-t-il encore, *mais je ne suis pas plus avancé qu'avant cette putain de Crise ; à l'époque je vendais des postes de télé, main-*

tenant je vends des pièges électroniques contre les animaux nuisibles. Où est la différence ? Les deux sont médiocres. En fait, je crois que j'ai rétrogradé.

Toute une journée perdue. Dans deux heures il ferait nuit et il irait se coucher dans le sous-sol tapissé de peaux de chat que Hardy lui louait un dollar argent par mois. Bien sûr, il pouvait allumer sa lampe à graisse le temps de lire un livre, ou du moins un *bout* de livre — sa bibliothèque était en majeure partie constituée de fragments, les passages manquants ayant été détruits ou perdus. Ou alors, il pouvait aller voir les Hardy et écouter l'émission du satellite.

Il avait tout de même adressé une requête radio personnelle à Dangerfield, l'autre jour, depuis l'émetteur installé dans les laisses de West Richmond. Il avait demandé *Good Rockin'Tonight*, un vieux tube qui lui rappelait son enfance. Mais on ne savait pas si Dangerfield avait ce morceau dans ses kilomètres de bandes, aussi peut-être attendait-il en vain.

En marchant, il chanta pour lui-même :

Oh I heard the news :
There's good rockin'tonight.
Oh I heard the news !
There's good rockin'tonight !
Tonight I'll be a mighty fine man,
I'll hold my baby as tight as I can...

Une vieille chanson datant du monde *d'avant...* Il en eut les larmes aux yeux. *Un monde qui a entièrement disparu*, se dit-il. *Et qu'est-ce qu'on a à la place ? Un rat qui joue de la flûte à nez, et encore : même pas, puisqu'il s'est fait écraser.*

Je parie qu'il ne savait pas jouer ça, se dit-il encore. *J'en suis même certain. C'est pratiquement de la musique sacrée. Une musique issue de notre passé, et ce passé, les animaux devenus malins et les « gens bizarres » ne peuvent s'en faire la même idée que nous. Il n'appartient qu'à nous, les êtres humains authentiques.*

Là-dessus il atteignit San Pablo Avenue, avec ses petites boutiques ouvertes çà et là — ces bicoques où l'on vendait de tout, du portemanteau à la botte de foin. Parmi elles, pas très loin, se trouvait HARDY — PIÈGES HOMÉOSTATIQUES POUR ANIMAUX NUISIBLES. Il partit dans cette direction.

Hardy leva les yeux de sa table d'assemblage, dans l'arrière-boutique ; autour de lui, sous la lumière blanche d'une lampe à arc s'étalaient des monceaux de composants électroniques récupérés dans tous les coins de la Californie du Nord. Beaucoup provenaient des ruines de Livermore ; Hardy avait des relations dans la fonction publique ; on lui avait donné l'autorisation de creuser dans les dépôts réservés.

Jadis, Dean Hardy avait été ingénieur dans une station de radio ; c'était un homme d'âge mûr, à la voix douce et à l'allure svelte, qui portait encore une cravate sous son pull — pourtant les cravates se faisaient rares par les temps qui couraient.

« On m'a bouffé mon cheval. » Stuart s'assit en face de Hardy.

Aussitôt Ella Hardy, la femme de son employeur, surgit de l'appartement du fond où elle préparait le dîner. « Vous l'aviez laissé seul ?

— Oui, reconnut-il. Je pensais qu'il était en sécurité, sur l'embarcadère des ferries municipaux d'Oakland ; il y a un fonctionnaire qui...

— Ça arrive souvent, coupa Hardy avec lassitude. Les salauds. On devrait balancer une bombe au cyanure sous la jetée ; il y a des anciens combattants par centaines, là-dessous. Et la voiture ? Vous avez dû l'abandonner sur place ?

— Je suis désolé, dit Stuart.

— N'y pensez plus, dit Hardy. On a d'autres chevaux au magasin d'Orinda. Et les pièces détachées du missile ?

— Chou blanc, dit Stuart. Quand je suis arrivé, tout était déjà parti. Sauf ça. » Il montra une poignée de transistors. « Le fermier ne les avait pas remarqués ; je les ai eus pour rien. Mais je ne sais pas ce qu'ils valent. » Il alla les étaler sur la table d'assemblage. « Pratiquement une journée de perdue. » Il se sentait plus morose que jamais.

Sans un mot, Ella Hardy regagna la cuisine ; le rideau se referma derrière elle.

« Vous voulez dîner avec nous ? demanda Hardy, qui éteignit sa lampe et ôta ses lunettes.

— Je ne sais pas, dit Stuart. Je me sens bizarre. » Il se mit à aller et venir dans le magasin. « De l'autre côté de la Baie, j'ai vu une chose dont j'avais entendu parler sans y croire. Un animal qui vole comme une chauve-souris, mais qui n'en est pas une. Ça ressemble plutôt à une belette ; c'est maigre et allongé, avec une grosse tête. On appelle ça des mateurs parce qu'ils sont toujours à se coller contre les fenêtres pour regarder à l'intérieur. »

Hardy déclara : « C'était un écureuil. » Il se cala contre son dossier et desserra sa cravate. « Ce sont les descendants des écureuils du Golden Gate Park. J'ai eu un projet pour eux dans le temps... ils pourraient être utiles — en théorie, du moins — pour porter les messages. Ils peuvent planer, ou voler, je ne sais pas, sur plus d'un kilomètre. Mais ils sont trop sauvages. J'ai abandonné après en avoir attrapé un. » Il présenta sa main droite. « Regardez cette cicatrice sur mon pouce. C'est un mateur qui me l'a faite.

— L'homme à qui j'ai parlé dit qu'ils sont bons à manger. Que ça ressemble au poulet d'autrefois. Ça se vend au centre-ville ; on voit des vieilles dames qui les proposent tout cuits pour vingt-cinq *cents*, encore chauds, à la sortie du four.

— Je vous le déconseille, dit Hardy. Il y en a beaucoup de toxiques. C'est en rapport avec leur alimentation.

— Mr. Hardy, dit brusquement Stuart, je veux quitter la ville pour la campagne. »

Son employeur le dévisagea.

« Il y a trop de violence ici, dit Stuart.

— Il y en a partout. » Hardy ajouta : « Et à la campagne, c'est difficile de gagner sa vie.

— Vous y vendez des pièges ?

— Non. Les animaux nuisibles vivent en ville, là

où il y a des ruines. Vous le savez très bien. Vous rêvez, Stuart. La campagne est stérile ; le flot d'idées qu'il y a ici en ville vous manquerait. Il ne se passe rien, là-bas ; les gens se bornent à cultiver le sol et à écouter le satellite.

— Et si j'emportais une gamme de pièges du côté de Napa ou Sonoma ? insista Stuart. Je pourrais peut-être les échanger contre du vin ; ils ont de la vigne, là-haut, à ce qu'on m'a dit. Comme autrefois.

— Mais il n'a pas le même goût, dit Hardy. La terre est trop atteinte. » Il secoua la tête. « Vraiment épouvantable. Immonde.

— Les gens le boivent, pourtant, dit Stuart. J'en ai vu ici en ville ; on le fait venir en camions à gazogène.

— À présent, les gens boivent tout ce qui leur tombe sous la main. » Hardy leva la tête et reprit d'un air rêveur : « Vous savez qui a de l'alcool ? Je veux dire du vrai ; on ne peut pas savoir si c'est de l'avant-guerre qu'il a déterré ou du nouveau qu'il a fabriqué.

— Dans la région de la Baie ? Personne.

— Si, Andrew Gill, l'expert en tabac. Mais il ne vend pas beaucoup. J'ai vu une bouteille de cognac chez lui. J'en ai même bu une gorgée, une seule. » Hardy lui adressa un sourire torve et, les lèvres frémissantes, commenta : « Ça vous aurait bien plu, ça, hein ?

— Combien il en demande ?

— Plus que vous ne pouvez lui en donner. »

Je me demande quel genre d'homme c'est, cet

Andrew Gill, s'interrogea Stuart. *Il doit être grand, barbu, portant gilet... Je l'imagine s'appuyant sur une canne à pommeau d'argent ; oui, un géant aux cheveux ondulés, avec un monocle d'importation.*

Voyant l'expression de Stuart, Hardy se pencha en avant.

« Je vais vous dire ce qu'il vend d'autre. Des photos de pin-up. Dans des poses artistiques... vous voyez le genre.

— C'est pas vrai ! » fit Stuart, ahuri et l'imagination en folie ; c'était trop pour lui. « Je ne vous crois pas.

— Puisque je vous le dis ! Ce sont d'authentiques calendriers sexy d'avant-guerre, dont certains remontent à 1950. Ils valent une fortune, bien sûr. J'ai entendu dire qu'un millier de dollars argent avaient changé de mains pour un catalogue *Playboy* de 1963. » Hardy était songeur ; son regard se perdait dans le vide.

« Là où je travaillais au moment de la bombe, dit Stuart, chez Télé Moderne, Vente et Service Après-Vente, on avait un tas de calendriers sexy en bas, à l'atelier. Ils ont tous été réduits en cendres, évidemment. » Du moins l'avait-il toujours supposé. « Et si, en fouillant dans les ruines, on tombait sur un entrepôt entier de calendriers érotiques ! Vous imaginez ça ? » Il s'emballa. « Combien on se ferait ? Des millions ! On pourrait les échanger contre des terrains, des biens immobiliers, acquérir tout un comté !

— C'est vrai, fit Hardy en hochant la tête.

— Le type qui trouverait ça, sa fortune serait

faite. On fabrique bien quelques calendriers en Orient, à Tokyo, mais ils ne sont pas terribles.

— Je les ai vus, acquiesça Hardy. Ils sont grossiers. Le savoir-faire a décliné jusqu'à sombrer dans l'oubli ; cet art-là est mort. Peut-être pour toujours.

— C'est en partie parce qu'il n'existe plus de filles comme ça, non ? fit Stuart. Aujourd'hui, tout le monde est décharné et édenté. Presque toutes les filles ont des cicatrices de brûlures à cause des radiations et, sans les dents, qu'est-ce que ça donnerait, ces calendriers sexy ? »

L'air rusé, Hardy déclara : « Pour moi, il y en a encore. Je ne sais pas où, peut-être en Suède ou en Norvège, ou dans des endroits reculés comme les îles Salomon. J'en suis persuadé à cause de ce que disent les gens qui arrivent par bateau. Mais pas aux États-Unis, ni en Europe, en Russie ou en Chine — les endroits qui ont été touchés ; là, je suis d'accord avec vous.

— On ne pourrait pas les dénicher ? demanda Stuart. Et nous lancer dans ce commerce-là ? »

Hardy réfléchit un petit moment, puis : « Il n'y a plus de pellicule. Plus de produits chimiques pour la développer. La plupart des bons appareils photo ont été détruits ou ont disparu. On ne pourrait pas faire imprimer les calendriers en grande quantité. Et en supposant qu'on y arrive...

— Mais en trouvant une fille sans brûlures et avec de belles dents, comme il y en avait avant la guerre...

— Je vais vous dire, moi, ce qui serait une bonne

affaire, fit Hardy. J'y ai réfléchi bien des fois. » Il fit face à Stuart d'un air méditatif. « Les aiguilles pour machine à coudre. On pourrait en demander le prix qu'on veut ; et se payer n'importe quoi. »

Stuart se leva en faisant de grands gestes et entreprit d'arpenter le magasin. « Écoutez, moi je veux viser haut ; je n'ai plus envie de perdre mon temps comme représentant — j'en ai assez de ce boulot. J'ai vendu des batteries de cuisine en aluminium, des encyclopédies, des postes de télé... et maintenant des pièges à sales bêtes. Ce sont de bons pièges et les gens en ont besoin, mais je dois pouvoir faire autre chose. Ne le prenez pas mal, mais je voudrais passer à autre chose. Il le *faut* ; soit on évolue, soit on devient stérile ; on se fane sur pied. La guerre m'a ramené des années en arrière, comme tout le monde. Je me retrouve exactement là où j'en étais il y a dix ans, et ça ne me satisfait pas. »

Hardy se gratta le nez et murmura : « Qu'est-ce que vous avez en tête ?

— Peut-être trouver une pomme de terre mutante capable de nourrir le monde entier.

— Une seule ?

— Je veux dire : une *variété* de pomme de terre. Je pourrais me faire cultivateur, comme Luther Burbank. Il doit y avoir des millions de plantes bizarres qui poussent dans la campagne, de la même manière qu'il y a des animaux mutants et des "gens bizarres" en ville. »

Hardy déclara : « Vous pourriez peut-être dénicher un haricot intelligent.

— Je ne plaisante pas », dit calmement Stuart.

Ils se dévisagèrent en silence.

« C'est rendre service à l'humanité, dit Hardy, que de fabriquer des pièges homéostatiques pour animaux nuisibles, qui tuent les chats, les chiens, les rats et les écureuils mutants. Je trouve votre comportement infantile. Ça doit être parce qu'on vous a mangé votre cheval pendant que vous étiez... »

Ella Hardy entra dans la pièce et lança : « Le dîner est prêt, et j'aimerais bien servir pendant que c'est chaud. C'est de la tête de morue au four avec du riz ; j'ai dû faire trois heures de queue à l'Eastshore Freeway pour me la procurer. »

Les deux hommes se mirent debout. « Alors, vous mangez avec nous ? » demanda Hardy à Stuart.

À l'idée de cette tête de poisson, Stuart avait l'eau à la bouche. Il ne put refuser ; il suivit Mrs. Hardy dans la cuisine.

Hoppy Harrington, le phocomèle à tout faire de West Marin, imitait Walt Dangerfield quand la transmission depuis le satellite était défaillante ; il entretenait la bonne humeur des citoyens de West Marin. Comme chacun le savait, Dangerfield était malade et il arrivait fréquemment qu'on ne puisse plus le capter. Ce soir-là, au beau milieu de son imitation, Hoppy leva les yeux pour voir les Keller et leur petite fille entrer dans le Forrester's Hall et prendre place au fond. *Il était temps*, se dit-il, content d'avoir un plus large public. Mais l'inquiétude s'empara aussitôt de lui : la petite l'examinait avec attention, et si bizarrement qu'il s'interrompit d'un coup ; le silence se fit.

« Continue, Hoppy, cria Cas Stone.

— Fais-nous celle de Kool-Ade, lança Mrs. Tallman. Tu sais, la petite chanson des jumeaux ; tu sais bien.

— *Kool-Ade, Kool-Ade, can't wait* », chanta Hoppy ; mais une fois de plus il s'interrompit. « Bon, ça suffit pour ce soir », dit-il.

Nouveau silence.

« Mon frère, intervint la petite Keller, dit que Mr. Dangerfield est quelque part parmi nous. »

Hoppy s'esclaffa. « C'est exact, dit-il avec animation.

— Est-ce qu'il a lu ? demanda Edie Keller. Ou était-il trop malade, ce soir ?

— Oui, la lecture a commencé, fit Earl Colvig, mais on l'écoute pas ; on en a marre du vieux Walt — on préfère Hoppy. Il a fait des trucs marrants ce soir, pas vrai, Hoppy ?

— Montre à la petite fille comment tu déplaces une pièce de monnaie à distance, dit June Raub. Je crois qu'elle aimera ça.

— Oui, refais-le, lança le pharmacien. C'était bien ; on aimerait tous revoir ça, j'suis sûr. » Dans son empressement, il se leva, oubliant qu'il y avait des gens derrière lui.

« Mon frère veut entendre la lecture, dit tranquillement Edie. C'est pour ça qu'il est venu.

— Tiens-toi tranquille », lui dit Bonny, sa mère.

Son frère, songea Hoppy. *Mais elle n'a pas de*

frère. Cela le fit rire aux éclats, et plusieurs personnes sourirent dans le public. « Ton *frère* ? dit-il en faisant rouler sa phocomobile vers l'enfant. Je peux faire la lecture moi-même ; je peux être Philip, Mildred, et n'importe qui d'autre dans le bouquin ; je peux être Dangerfield. Quelquefois, je *suis* Dangerfield. C'était le cas ce soir, et c'est pour ça que ton frère a cru que Dangerfield était dans la salle. Alors qu'en fait, c'est moi. » Il regarda son public. « Pas vrai, les amis, que c'est moi ?

— Si », acquiesça Orion Stroud. Tout le monde hocha la tête.

« Tu n'as *pas* de frère, Edie, dit Hoppy à la petite fille. Pourquoi dis-tu que ton frère veut entendre Walt lire alors que tu n'as *pas* de frère ? » Il rit interminablement. « Je peux le voir ? Lui parler ? Qu'il me parle et... je ferai son imitation.

— Ça serait quelque chose, gloussa Cas Stone.

— Ouais, j'aimerais bien entendre ça, renchérit Earl Colvig.

— Chiche, dit Hoppy. Qu'il dise quelque chose. » Il patienta, assis au centre de sa phocomobile. « J'attends, dit-il.

— Ça suffit, dit Bonny Keller. Laisse mon enfant tranquille. » Elle avait les joues rouges de colère.

« Penche-toi, dit Edie à Hoppy. Viens près de moi. Là, il te parlera. » Son expression, comme celle de sa mère, était sévère.

Hoppy s'exécuta et inclina ironiquement la tête.

Une voix s'éleva à intérieur de lui-même. « Comment tu l'as réparé, ce changeur de disques ? Comment tu as fait, hein ? »

Hoppy poussa un grand cri.

Les gens le regardèrent fixement ; livides, ils se tenaient debout, raides.

« J'ai entendu Jim Fergesson, dit Hoppy. Un homme pour lequel j'ai travaillé, autrefois. Et qui est mort, maintenant. »

La fillette le considéra calmement. « Tu veux réentendre mon frère ? Dis-lui encore quelques mots, Bill ; il veut que tu parles encore. »

Alors, dans la tête de Hoppy, la même voix déclara : « On dirait que tu l'as *guéri*. Qu'au lieu de remplacer le ressort cassé, tu as... »

Hoppy manœuvra son chariot comme un dément, remonta l'allée centrale, pivota à nouveau puis s'arrêta, pantelant, aussi loin que possible de la fillette ; son cœur battait la chamade ; il la regardait. Elle lui retournait son regard sans rien dire.

« Il t'a fait peur, hein ? » L'enfant lui sourit, mais sans aucune chaleur. « Il t'a rendu la monnaie de ta pièce parce que tu t'en prenais à moi. Ça l'a mis en colère. Alors il s'est vengé. »

George Keller s'approcha du phocomèle. « Qu'est-ce qui s'est passé, Hop ?

— Rien, fit-il sèchement. Bon, on l'écoute, cette lecture ? » Il déploya son extenseur manuel et monta le volume de la radio.

Vous pouvez avoir ce que vous voulez, toi et ton frère, pensa-t-il. *Dangerfield qui lit, ou n'importe quoi d'autre*. Depuis combien de temps es-tu là-dedans, toi ? *Sept ans seulement ? On a plutôt l'impression que tu t'y trouves depuis toujours. Comme si... tu existais de toute éternité*. Ce qui lui avait parlé, c'était une chose terriblement vieille, ratatinée, chenue. Quelque chose de petit et de dur qui flottait. Des lèvres recouvertes de poils duveteux qui formaient de longues banderoles pendantes, fines et sèches. *Je parie que c'était Fergesson*, se dit-il encore ; *ça lui ressemblait. Il est là-dedans, à l'intérieur de cette gamine.*

Je me demande... Est-ce qu'il peut sortir ?

Edie Keller dit à son frère : « Qu'est-ce que tu as fait pour l'effrayer comme ça ? Il était terrorisé. »

De l'intérieur monta une voix familière. « J'ai imité quelqu'un qu'il a connu il y a longtemps. Quelqu'un qui est mort. »

Amusée, elle demanda : « Tu vas lui faire encore autre chose ?

— Si je ne l'aime pas, dit Bill, je lui ferai peut-être subir pire, beaucoup de choses différentes, peut-être.

— Comment as-tu su, pour le mort ?

— Ah, fit Bill, c'est parce que... tu sais bien. Parce que je suis mort, moi aussi. » Il gloussa, loin dans les profondeurs de son ventre, et elle le sentit vibrer.

« Mais non, tu n'es pas mort, protesta-t-elle. Tu es aussi vivant que moi, alors ne dis pas ça ; ce n'est pas vrai. » Cela lui faisait peur.

Bill dit : « Je faisais semblant. Pardon. J'aurais bien aimé voir son visage... À quoi ressemblait-il ?

— Il était affreux. Son visage s'est tout plissé, comme une tête de grenouille.

— Je voudrais sortir, dit Bill d'une voix plaintive.

Je voudrais être né comme tout le monde. Est-ce que je pourrai naître, un jour ?

— Le Dr. Stockstill dit que non.

— Je pourrais l'obliger à me faire sortir. Je peux, si je veux.

— Non. Tu mens ; tu ne sais que dormir, parler aux morts, et peut-être faire des imitations, comme tout à l'heure. C'est pas grand-chose. »

Pas de réponse.

« Si tu faisais quelque chose de mal, reprit-elle, je pourrais avaler quelque chose qui te tuerait. Alors tâche d'être sage. »

Elle avait de plus en plus peur de lui ; elle parlait toute seule, histoire de se redonner de l'assurance. *Il vaudrait peut-être mieux que tu meures*, pensa-t-elle. *Seulement, il faudrait quand même que je continue à te porter tout le temps et ça... ce ne serait pas agréable. Je n'aimerais pas ça du tout.*

Elle frissonna.

« Ne t'inquiète pas pour moi, déclara soudain Bill. Je sais des tas de choses ; je peux me débrouiller. Je te protégerai. Tu as intérêt à être contente que je sois là parce que je peux voir tous ceux qui sont morts, comme celui que j'ai imité. Il y en a des quantités, des milliards et des milliards, et ils sont tous différents. Quand je dors, je les entends murmurer. Ils sont là en permanence.

— Où ça, là ?

— En dessous de nous, dit Bill. Dans la terre.

— Brrr...

— C'est vrai. Et un jour, on ira les rejoindre. Et maman, papa et tous les autres aussi. Tu verras.

— Je ne veux pas savoir, dit-elle. S'il te plaît, arrête de parler de ça. Je veux écouter la lecture. »

Andrew Gill roulait des cigarettes ; il leva les yeux et aperçut Hoppy Harrington, qu'il n'aimait pas, en compagnie d'un inconnu. Il se sentit aussitôt mal à l'aise. Il posa son papier à cigarettes et se leva. À côté de lui, devant l'établi tout en longueur, les autres rouleurs de cigarettes poursuivirent leur travail.

Il employait huit personnes en tout, et ce dans le seul département « tabac ». La distillerie, qui produisait du brandy, en employait douze autres. Son entreprise était la plus importante de West Marin et il vendait dans toute la Californie du Nord ; ses cigarettes étaient réputées jusque sur la côte Ouest.

« Oui ? » fit-il à l'adresse de Hoppy. Il se plaça devant la carriole du phoco et lui barra le chemin.

Hoppy bredouilla : « Ce... ce monsieur vient d'Oakland pour vous voir. C'est un important homme d'affaires, à ce qu'il dit. N'est-ce pas ? » Le phoco se tourna vers l'inconnu. « C'est bien ce que vous m'avez dit, Stuart ? »

Ce dernier tendit la main. « Je représente la société Hardy, Pièges homéostatiques pour animaux nuisibles, sise à Berkeley. Je viens vous faire part d'une stupéfiante proposition qui peut tripler vos bénéfices en six mois. » Ses yeux brillaient.

Gill réprima une envie d'éclater de rire. « Je vois, fit-il en hochant la tête. Très intéressant, Mr... » Il regarda le phoco d'un air interrogatif.

« St... Stuart McConchie, bégaya le phoco. Je le connaissais avant la guerre ; je ne l'avais pas vu depuis longtemps, mais il vient s'installer ici, comme moi en mon temps.

— Je suis mandaté par mon employeur, Mr. Hardy, dit Stuart McConchie, pour vous décrire en détail sa machine à fabriquer les cigarettes, entièrement automatisée. Aux Pièges Hardy, on est bien conscients du fait que vos cigarettes sont entièrement roulées à l'ancienne. C'est-à-dire à la main. » Il désigna les employés. « La méthode a un siècle de retard, Mr. Gill. Bien sûr, vous avez atteint une qualité superbe avec vos cigarettes Gold Label Special Deluxe, mais...

— Qualité que j'entends conserver », dit calmement Gill.

Stuart McConchie poursuivit : « Mais notre machine électronique ne sacrifiera en rien la qualité à la quantité. En fait...

— Attendez, dit Gill. Je ne tiens pas à discuter de ça maintenant. » Il jeta un coup d'œil au phoco qui, garé tout près, écoutait. Le phoco rougit et fit aussitôt pivoter son véhicule dans l'intention de s'éloigner.

« Je m'en vais, dit Hoppy d'une voix maussade. Ça ne m'intéresse pas, de toute façon ; au revoir. » Il franchit la porte ouverte et sortit dans la rue. Les deux hommes le suivirent du regard jusqu'à ce qu'il disparaisse.

« Notre factotum, commenta Gill. Il répare — ou plutôt *soigne* — tout ce qui tombe en panne. Hoppy Harrington, le manuel sans mains ! »

McConchie fit quelques pas et embrassa l'atelier du regard. « Pas mal, chez vous. Je tiens à vous dire tout de suite à quel point j'admire vos produits ; ce sont les meilleurs du marché. »

Je n'ai pas entendu ça depuis sept ans, songea Gill. On avait du mal à croire que, quelque part dans le monde, on s'exprimait encore ainsi ; tant de choses avaient changé ! Et pourtant ce type savait encore le faire. Gill en eut chaud au cœur. Ce baratin de représentant lui rappelait des temps plus heureux. Il se sentait des dispositions aimables à l'égard de cet homme.

« Merci », dit-il, et il était sincère. Peut-être le monde commençait-il enfin à retrouver pour de vrai certaines de ses anciennes structures, ses règles de courtoisie, ses coutumes, ses préoccupations, tout ce qui avait contribué à le façonner.

« Une tasse de café ? proposa Gill. Je vais prendre dix minutes ; vous pourrez me parler de votre machine entièrement automatique.

— Du *vrai* café ? » demanda McConchie. Son masque affable et optimiste disparut brièvement et, bouche bée, il regarda Gill avec une avidité brute.

« Désolé, dit Gill. C'est du succédané. Mais pas mauvais ; je suis sûr qu'il vous plaira. Meilleur que ce qu'on vend en ville dans ces prétendues baraques à “café”. » Il alla chercher le broc d'eau.

« En venant ici, je réalise un vieux rêve, dit McConchie. Il m'a fallu une semaine pour faire le voyage, et je mijotais ça depuis ma première Gold Label Special Deluxe. C'est... » Il chercha ses mots.

« Un îlot de civilisation en ces temps de barbarie. » Il déambulait dans l'atelier, mains dans les poches. « La vie paraît paisible, ici. En ville, si vous laissez une minute votre cheval... Enfin, un jour j'ai laissé mon cheval le temps de traverser la Baie, et quand je suis revenu, on me l'avait bouffé. Ce sont des choses comme ça qui vous dégoûtent de la ville et vous donnent envie d'aller voir ailleurs.

— Je sais, dit Gill en hochant la tête. Il y a beaucoup de violence en ville à cause de tous ces sans-abri, tous ces indigents.

— Je tenais vraiment à ce cheval, dit Stuart McConchie d'un air triste.

— À la campagne, on est constamment confronté à la mort des animaux. Quand les bombes sont tombées, des milliers d'animaux ont été affreusement blessés ici ; les moutons, les vaches... Mais bien sûr, ce n'est rien à côté des pertes en vies humaines survenues chez vous. Vous avez dû voir de telles souffrances, depuis le jour de la Crise ! »

McConchie acquiesça. « Ça et la chasse aux monstres, animaux ou humains. Comme mon vieux copain Hoppy Harrington, sauf que lui, il date d'avant ; chez Télé Moderne, on disait que pour Hoppy, c'était à cause d'un médicament, la thalidomide.

— Quel genre de pièges fabrique votre société ? demanda Gill.

— Pas les modèles passifs. Étant homéostatiques, c'est-à-dire auto-instruits, ils suivent les rats, les chats ou les chiens dans les réseaux de galeries souterraines, par exemple celui qui s'étend actuellement sous tout Berkeley et tout Oakland, et les pourchassent impitoyablement, les uns après les autres, jusqu'à ce qu'ils soient à court d'énergie ou qu'une bestiole particulièrement intelligente réussisse par miracle à les détruire. Quelques rats très malins savent comment esquinter les pièges homéostatiques Hardy, mais pas beaucoup.

— Impressionnant, commenta Gill.

— Quant à cette machine à rouler les cigarettes...

— L'ami, coupa Gill, je vous aime bien, mais voilà le problème. Je n'ai pas d'argent pour acheter votre machine, rien à vous offrir en échange, et je n'ai aucunement l'intention de laisser qui que ce soit entrer comme associé dans mon affaire. Alors qu'est-ce qui vous reste, hein ? » Il sourit. « Il faut que je continue comme ça.

— Attendez, dit aussitôt McConchie. Il doit y avoir une solution. Peut-être pourrions-nous vous louer une machine à rouler en échange d'un nombre x de cigarettes, de la marque Gold Label Special Deluxe, bien entendu ; livrées chaque semaine pendant un nombre x de semaines. » Il s'empourprait sous l'effet de l'animation. « La société Hardy pourrait par exemple devenir le distributeur exclusif de vos cigarettes ; nous vous représenterions partout, nous mettrions sur pied un programme stratégique de distribution dans toute la Californie. Qu'est-ce que vous en dites ?

— Je dois admettre qu'*a priori* c'est intéressant. C'est vrai, la distribution n'est pas mon fort... Il y a sept ans que je réfléchis de loin en loin à la nécessité de m'organiser sur ce plan, d'autant plus que je suis installé en milieu rural. J'ai même envisagé de retourner en ville, mais le vol et le vandalisme y sont trop présents. Et, d'ailleurs, je n'ai pas *envie* d'aller en ville ; ici, je suis chez moi. »

Il ne parla pas de Bonny Keller, sa véritable raison de rester à West Marin ; leur liaison avait pris fin des années plus tôt, mais il l'aimait plus que jamais ; il l'avait regardée passer d'homme en homme, se lasser à chaque fois. Au fond de son cœur, il était sûr qu'elle lui reviendrait un jour. De plus, il savait très bien qu'il était le vrai père d'Edie.

« Puisque vous venez de la ville, justement, reprit-il à voix haute, dites-moi donc une chose : y a-t-il eu, ces derniers temps, des nouvelles intéressantes, nationales ou internationales ? Nous avons pu passer à côté. Nous captons bien le satellite, mais j'en ai franchement assez d'entendre cette musique et ce baratin de disc-jockey. Sans parler de ces lectures interminables. »

Ils rirent en chœur. « Je suis bien d'accord avec vous, fit McConchie en sirotant son café et en hochant la tête. Ma foi, j'ai cru comprendre qu'on essayait une fois de plus de fabriquer une voiture, du côté des ruines de Detroit. Elle est essentiellement en contre-plaqué, mais elle marche au pétrole.

— Je ne vois pas où ils vont trouver du pétrole, dit Gill. Avant de fabriquer une voiture, ils feraient mieux de remettre quelques raffineries en état de marche. Et de réparer quelques grands axes routiers.

— Ah, et puis le gouvernement projette de rouvrir la 40, la route qui traverse les Rocheuses, dans le courant de l'année. Pour la première fois depuis la guerre.

— Excellente nouvelle, dit Gill, ravi. Je ne savais pas.

— Et puis la Compagnie du téléphone...

— Attendez, l'interrompit Gill en se levant. Qu'est-ce que vous diriez d'un petit coup de brandy dans votre café ? Il y a combien de temps que vous n'avez pas bu de café arrosé ?

— Des années.

— C'est du Gill's Cinq Étoiles. Ma marque. Il vient de Sonoma Valley. » Il inclina une bouteille trapue et versa un peu de liqueur dans la tasse de McConchie.

« Voilà qui peut vous intéresser aussi. » McConchie plongea la main dans la poche de sa veste et en tira un morceau de papier. Il le déplia, le lissa, et Gill reconnut une enveloppe.

Du courrier. Une lettre de New York.

« Eh oui, fit McConchie. Une lettre adressée à mon patron, Mr. Hardy. Depuis la côte Est ! Et ça n'a pris qu'un mois. C'est le gouvernement de Cheyenne et l'armée qui ont tout organisé. L'acheminement s'effectue en partie en dirigeable, en partie en camion, en partie à cheval. La dernière étape se fait à pied.

— Ça alors », fit Gill. Sur quoi il versa du Gill's Cinq Étoiles dans son propre café.

Bill Keller entendit le petit animal, un escargot ou une limace, tout près de lui, et s'y insinua aussitôt. Mais il s'était fait avoir ; la bestiole était aveugle. Il était à l'extérieur, certes, mais il ne voyait ni n'entendait rien cette fois ; il pouvait bouger, mais c'était tout.

« Laisse-moi rentrer, cria-t-il à sa sœur, paniqué. Regarde ce que tu as fait, tu m'as mis à l'intérieur de quelque chose *qui ne va pas du tout.* » *Tu l'as fait exprès*, songea-t-il en continuant de remuer dans l'espoir de localiser sa sœur.

Si seulement je pouvais tâtonner, pensa-t-il encore. *Me tendre... vers le haut.* Mais il n'avait rien à tendre, pas de membres. *Qu'est-ce que je suis, maintenant que je suis à nouveau dehors ?* se demanda-t-il en essayant de se dresser. *Comment appelle-t-on ces choses qui brillent, là-haut ? Ces lumières dans le ciel... Est-ce que je peux les voir même si je n'ai pas d'yeux ? Non*, pensa-t-il, *impossible.*

Il continua d'avancer en se dressant de temps à autre, aussi haut que possible, avant de retomber et se remettre à ramper — c'était la seule chose qu'il puisse faire dans cette existence extérieure, cette existence « née ».

Tout là-haut, Walt Dangerfield se déplaçait aussi, dans son satellite, même s'il restait assis, la tête dans les mains. Il souffrait davantage, mais la douleur avait changé ; et elle l'absorbait à un point tel que, comme souvent, il ne pouvait plus rien imaginer d'autre.

Combien de temps vais-je tenir ? se demanda-t-il. *Combien de temps vais-je survivre ?*

Mais il n'y avait personne pour lui répondre.

En proie à un délicieux frisson d'exultation, Edie Keller regardait le ver ramper lentement sur le sol avec la certitude que son frère était dedans.

Car à l'intérieur d'elle-même, au fond de son ventre, résidait à présent le mental du ver ; elle entendait sa voix monotone. « Boum, boum, boum », faisait-elle, en écho à ses propres processus biologiques élémentaires.

« Sors de moi, ver », gloussa-t-elle. Que pensait le ver de sa nouvelle existence ? Était-il aussi désorienté que Bill devait l'être ? *Il faut que je le tienne à l'œil*, se dit-elle en pensant à la créature qui se tortillait par terre. *Il pourrait se perdre.* « Bill, dit-elle en se penchant sur lui, tu as une drôle d'allure, tu sais. Tu es tout rouge et tout long ! » Puis elle songea : *Ce que j'aurais dû faire, c'est l'installer dans le corps d'un autre être humain. Comment n'y ai-je pas pensé ? Ainsi tout rentrerait dans l'ordre ; j'aurais un vrai frère, à l'extérieur de moi, avec qui je pourrais jouer.*

Mais d'un autre côté elle aurait quelqu'un de nouveau et d'inconnu en elle. Et cette idée ne l'emballait guère.

Qui est-ce qui ferait l'affaire ? se demanda-t-elle. Un des enfants de l'école ? Un adulte ? Mr. Barnes, mon professeur, peut-être. Ou bien...

Hoppy Harrington. Qui a peur de Bill, au fait ?

« Bill », dit-elle en s'agenouillant pour ramasser le ver ; elle le tint dans la paume de sa main. « Écoute mon plan. » Elle tint le ver contre son flanc, là où il y avait la bosse dure à l'intérieur.

« Rentre, maintenant. Tu n'as pas envie d'être un ver, de toute façon ; ce n'est pas drôle. »

La voix de son frère lui parvint une fois de plus. « Tu... je te déteste, je ne te pardonnerai jamais ! Tu m'as mis dans une chose aveugle qui n'avait ni pattes ni rien ! Je ne pouvais que me traîner par terre !

— Je sais », dit-elle en se balançant d'avant en arrière, le ver — désormais inutile — toujours niché au creux de sa paume. « Écoute, tu as entendu ce que j'ai dit ? Ça te plairait, Bill. Tu veux que j'aille me coller contre Hoppy Harrington ? Comme ça, tu aurais des yeux et des oreilles ; tu serais une vraie personne *extérieure*.

— Ça me fait peur.

— Mais moi j'ai envie d'essayer, reprit Edie sans cesser de se balancer. On va tenter le coup, Bill. Te donner des yeux et des oreilles *sans attendre*. »

Pas de réponse de la part de Bill ; il avait détourné ses pensées d'Edie et de son monde, vers des régions auxquelles lui seul pouvait accéder. *Encore à parler avec ces sales morts*, se dit-elle. Ces morts caca, pas intéressants, qui ne s'amusaient jamais ni rien.

Ça ne te servira à rien, Bill, pensa-t-elle. *Ma décision est prise.*

Vêtue de sa robe de chambre et chaussée de ses pantoufles, Edie Keller longeait le sentier dans le noir, cherchant à l'aveuglette la maison de Hoppy Harrington.

« Dépêche-toi, s'écria Bill tout au fond d'elle. Il

est au courant, pour nous — les morts me le disent. Ils affirment qu'on est en danger. Si on peut s'approcher suffisamment, j'imiterai un mort qui l'effraiera ; il a peur des morts. C'est parce que, pour lui, les morts sont comme des pères, des tas de pères, et que...

— Tais-toi, dit Edie. Laisse-moi réfléchir. » Dans le noir, elle s'était égarée. Elle n'arrivait plus à trouver le sentier dans la forêt de chênes ; elle s'arrêta et inspira à fond en essayant de s'orienter à la pâle lueur du quartier de lune.

À gauche, se dit-elle. *Au pied de la colline. Il ne faut pas que je tombe ; il m'entendrait, il a l'ouïe très fine, il entend presque tout.* Pas à pas, elle descendit en retenant son souffle.

« J'ai une bonne imitation toute prête », marmonnait Bill, qui ne voulait pas se taire. « Quand je serai près de lui, je vais céder ma place à un mort, et tu n'aimeras pas ça parce que c'est... un peu gluant, mais ce sera juste pour quelques minutes ; après ils pourront lui parler en direct, de l'intérieur de toi. Est-ce que...

— La ferme », fit Edie, qui était à bout. Ils étaient arrivés au-dessus de chez Hoppy ; elle voyait de la lumière. « S'il te plaît, Bill, je t'en prie.

— Mais il faut bien que je t'explique ! Quand je... »

Il s'interrompit. À l'intérieur d'Edie, il n'y avait plus rien. Elle était vide.

« Bill », fit-elle.

Il était parti.

Devant ses yeux, sous la pâle clarté lunaire,

s'agita une chose qu'elle n'avait encore jamais vue. Une chose qui s'élevait et gigotait ; de longs cheveux blancs flottaient derrière elle comme une queue ; elle vint se tenir juste devant le visage d'Edie, en suspens dans les airs. Cela avait de minuscules yeux morts et une bouche béante ; ce n'était qu'une petite tête ronde et dure, pareille à une balle de base-ball. De sa bouche jaillit un petit cri aigu, puis elle repartit vers le haut en voltigeant, brusquement libérée. Elle regarda la tête prendre de plus en plus d'altitude, s'élever vers la cime des arbres en ondulant et poursuivre son ascension dans cette atmosphère qu'*il* découvrait.

« Bill, appela-t-elle. Hoppy t'a fait sortir de moi. Hoppy t'a mis dehors. » *Et tu t'en vas*, comprit-elle. *C'est Hoppy qui te pousse à t'en aller.* « Reviens », fit-elle. Mais de toute façon, il ne pouvait pas vivre en dehors d'elle. Elle le savait. Le Dr. Stockstill l'avait dit. Il ne pouvait pas naître, et Hoppy l'avait entendu et l'avait fait naître, sachant qu'il mourrait.

Tu n'auras pas l'occasion de faire ton imitation, songea-t-elle. *Je t'avais dit de te taire, mais tu n'as pas voulu.* Plissant les yeux, elle vit — ou crut voir — la petite boule dure aux longues mèches de cheveux planer loin au-dessus d'elle... Puis elle disparut sans bruit.

Elle était seule.

À quoi bon continuer ? C'était fini. Elle rebroussa chemin, la tête basse, les yeux fermés, trouvant son chemin à tâtons. Le chemin de chez elle, de son lit. À l'intérieur, elle se sentait à vif ;

il y avait là une plaie béante. *Si seulement tu t'étais tenu tranquille*, pensa-t-elle. *Il ne t'aurait pas entendu. Je te l'avais bien dit.*

Flottant dans l'atmosphère, Bill Keller y voyait un peu, entendait quelques bruits, percevait les arbres et, entre les arbres, les animaux qui vivaient, se déplaçaient. Il sentait la pression qui s'exerçait sur lui, le soulevait, mais il se rappela son imitation et il l'articula. Sa voix rendit un son grêle dans l'air froid ; puis ses oreilles la captèrent et il éleva le ton.

« Notre folie nous a valu une terrible leçon », glapit-il, ravi d'entendre sa voix lui emplir les oreilles.

La pression se relâcha ; il fit un bond, ondula gaiement puis plongea. Il descendit interminablement et, juste au moment de toucher terre, se déplaça latéralement jusqu'à se retrouver en suspens au-dessus de chez Hoppy Harrington, guidé par la présence vivante qui se trouvait dans la maison.

« Telle est la volonté divine ! cria-t-il de toute la force de son filet de voix. Nous en avons la preuve cuisante, maintenant : il est temps de donner un coup d'arrêt aux essais nucléaires en haute altitude. Écrivez tous au président Kennedy ! » Il ne savait pas qui était ce Kennedy. Quelqu'un de vivant, peut-être. Il le chercha du regard mais ne le vit pas ; il ne vit que des forêts de chênes, des animaux ; un oiseau brun au bec énorme et au regard fixe planait silencieusement. Il s'approcha et Bill poussa un petit cri effrayé.

L'oiseau émit un son affreux plein de voracité, de désir de mettre en pièces.

« Vous tous, cria Bill en s'enfuyant dans l'air obscur et glacé. Il faut que vous écriviez tous des lettres de protestation ! »

Bill glissait au-dessus des cimes, suivi par les yeux brillants de l'oiseau.

La chouette l'attrapa. Et le croqua en un instant.

Voilà qu'il était de nouveau à l'intérieur. Il ne voyait plus rien, n'entendait plus rien. Déjà...

La chouette poursuivit son vol en ululant.

Bill Keller lui demanda : « Tu m'entends ? »

Il n'en avait aucune idée. Ce n'était qu'une chouette, et elle n'avait pas la moindre intelligence, contrairement à Edie. *Est-ce que je peux vivre à l'intérieur de toi ?* demanda-t-il encore. *Caché là-dedans, à l'insu de tout le monde... Tu volerais comme d'habitude, tu continuerais comme avant.* Avec lui, dans la chouette, il y avait des cadavres de souris et aussi une créature qui s'agitait et grattait, une créature assez grosse pour avoir encore envie de vivre.

« Plus bas », dit-il à la chouette. Par son intermédiaire, il distinguait les chênes ; sa vision était très claire, comme si tout était illuminé. Il y avait des millions d'objets distincts, immobiles ; puis il en vit un qui rampait — un être vivant ; la chouette obliqua de ce côté-là. Ne se doutant de rien, n'entendant aucun bruit, la créature continua d'avancer à découvert.

Un instant plus tard, elle était avalée à son tour. La chouette poursuivit son vol.

Bien, pensa-t-il. *Quoi d'autre ? Cela dure toute la nuit, sans interruption, et puis il y a les bains quand il pleut, et de longs sommeils profonds. C'est ce qu'il y a de mieux, le sommeil ? Oui.*

Il dit : « Fergesson n'autorise pas ses employés à boire ; c'est contraire à sa religion, n'est-ce pas ? » Puis il ajouta : « Hoppy, d'où vient la lumière ? Est-ce que c'est de Dieu ? Tu sais, comme dans la Bible. Je veux dire, est-ce que c'est vrai ? »

La chouette ulula.

En lui, un millier de choses mortes essayaient d'attirer son attention en braillant. Il les écouta, répéta ce qu'elles disaient, puis fit son choix. « Espèce de sale petit monstre, dit-il. Maintenant, tu vas m'écouter. Reste ici, en bas ; on est en dessous du niveau de la rue, la bombe ne nous aura pas. Les gens, en haut, ils vont mourir. En bas, on fait de la place. Pour eux. »

Effrayée, la chouette battit des ailes et s'éleva dans l'espoir de lui échapper. Mais il continua à trier scrupuleusement les voix.

« Reste ici, en bas », répéta-t-il. Les lumières de chez Hoppy réapparurent ; la chouette avait tourné en rond ; incapable de fuir, elle était revenue à son point de départ. Il l'obligeait à rester où il voulait. Il la contraignit à s'approcher de plus en plus de Hoppy à chacun de ses passages. « Espèce de triste imbécile, dit-il. Reste donc où tu es. »

Dans un furieux effort, la chouette appliqua sa méthode habituelle : elle le recracha ; il tomba comme une pierre, sans pouvoir s'accrocher aux courants aériens, et s'écrasa dans l'humus et son tapis végétal ; il roula sur lui-même en poussant de petits cris puis s'immobilisa dans un creux.

Libérée, la chouette prit son essor et disparut.

« Que soit témoin de ceci la compassion humaine », dit-il du fond de son trou avec la voix du pasteur qui s'adressait jadis à la congrégation dont Hoppy et son père avaient fait partie. « Nous sommes *responsables* de ce qui nous arrive ; ce sont les conséquences de la folie de l'humanité. »

Privé des yeux de la chouette, il ne voyait que très peu ; l'illumination immaculée avait disparu ; ne restaient que quelques vagues formes autour de lui. Des arbres.

Il distingua aussi les contours de la maison sur fond de ciel nocturne. Elle non plus n'était pas loin.

« Fais-moi entrer », dit Bill en remuant la bouche. Il roula çà et là dans son creux et se débattit jusqu'à ce que les feuilles mortes se mettent à remuer. « Je veux entrer. »

Un animal l'entendit et s'éloigna prudemment.

« Entrer, entrer, entrer, fit Bill. Je ne peux pas rester très longtemps ici, dehors ; sinon je mourrai. Edie, où es-tu ? » Il ne sentait pas sa présence à proximité ; seulement celle du phocomèle, dans la maison.

Il fit de son mieux pour partir dans cette direction en roulant sur lui-même.

Le lendemain matin de bonne heure, le Dr. Stockstill se présenta chez Hoppy Harrington afin de joindre Walter Dangerfield, son malade dans le ciel, par l'intermédiaire de l'émetteur. Celui-ci, remarqua-t-il, était allumé, ainsi que quelques ampoules ici et là ; intrigué, il frappa.

La porte s'ouvrit, révélant Hoppy Harrington installé au centre de sa phocomobile. Hoppy considéra le médecin d'un air bizarre, circonspect ; il semblait sur la défensive.

« Je voudrais faire une nouvelle tentative », dit Stockstill, qui savait très bien que c'était sans espoir, mais tenait à s'en acquitter tout de même. « C'est possible ?

— Oui, monsieur, dit Hoppy.

— Dangerfield est toujours vivant ?

— Oui, monsieur. Je le saurais, s'il était mort. » Hoppy s'écarta pour le laisser entrer. « Il doit toujours être là-haut.

— Qu'est-ce qu'il y a ? demanda Stockstill. Tu ne t'es pas couché de la nuit ?

— Non, dit Hoppy. Je cherche à savoir comment marchent les choses. » Il allait et venait dans sa phocomobile. « C'est dur », fit-il, apparemment préoccupé. La phocomobile heurta le bout de la table. « Pardon, dit-il. Je ne l'ai pas fait exprès. »

Stockstill dit : « Tu as quelque chose de changé.

— Je suis Bill Keller, dit le phocomèle. Pas Hoppy Harrington. » Il pointa son extenseur manuel droit. « Hoppy est là ; c'est à ça qu'il va ressembler, à partir de maintenant. »

Dans le coin gisait une espèce de boule de pâte fripée, d'une dizaine de centimètres de diamètre ; sa bouche béait, figée sur un cri muet. La boule avait quelque chose d'humain ; Stockstill alla la ramasser.

« C'était moi *avant*, dit le phocomèle. Mais hier soir, je me suis approché suffisamment pour me transférer. Il s'est beaucoup débattu, mais il avait peur ; alors c'est moi qui ai gagné. J'ai fait imitation sur imitation, sans interruption. C'est avec celle du pasteur que je l'ai eu. »

Stockstill prit dans ses mains la petite créature ratatinée mais ne dit rien.

« Vous savez faire marcher l'émetteur ? demanda le phocomèle. Parce que moi pas. J'ai essayé, mais je n'y arrive pas. J'ai réussi à faire marcher les lumières ; elles s'allument et s'éteignent. Je me suis exercé toute la nuit. » Il en fit la démonstration en roulant jusqu'au mur et en basculant l'interrupteur à plusieurs reprises à l'aide de son extenseur manuel.

Au bout d'un moment, Stockstill déclara en regardant la petite chose morte : « Je savais bien que ça ne survivrait pas.

— Ça a quand même tenu un bon moment, répliqua le phocomèle. Environ une heure ; pas mal, non ? Notamment à l'intérieur d'une chouette ; je ne sais pas si ça compte.

— Euh... Je vais essayer de joindre Dangerfield maintenant, articula finalement Stockstill. Il peut mourir d'un moment à l'autre. »

Le phocomèle acquiesça. « Vous voulez que je prenne ça ? » Il déploya un extenseur et Stockstill lui tendit l'homoncule. « La chouette m'avait mangé, dit le phoco. Ça ne m'a pas plu, mais elle avait vraiment de bons yeux ; *ça*, ça m'a plu, en revanche, de voir par ses yeux.

— Oui, répondit Stockstill, pensif. Les chouettes ont une vue perçante. Ça a dû être passionnant pour toi. » Il s'installa devant l'émetteur. « Qu'est-ce que tu vas faire à présent ?

— Il faut que je m'habitue à ce corps, dit le phoco. Il est lourd. Je ne connaissais pas la gravité... Avant, je flottais. Vous savez quoi ? Je trouve ces extenseurs géniaux. J'arrive déjà à faire des tas de choses avec. » Il fouetta l'air, effleura une image au mur, lança ses prothèses en direction de l'émetteur. « Il faut que je parte à la recherche d'Edie à présent, fit le phoco. Pour lui dire que tout va bien ; elle me croit sans doute mort. »

Stockstill alluma le micro et s'apprêta à établir la liaison avec le satellite. « Walt Dangerfield ? Ici le Dr. Stockstill, à West Marin. Vous me recevez ? Si oui, répondez. » Il marqua une pause, puis répéta.

« Je peux y aller ? demanda Bill Keller. Chercher Edie ?

— Vas-y », dit Stockstill en se frottant le front ; il rassembla ses esprits et ajouta : « Fais attention à ce que tu fais... il se peut que tu ne puisses plus jamais te “transférer”.

— Je n'en ai plus envie, fit Bill. Je suis bien comme ça, parce que, pour la première fois, je suis seul là-dedans. » Sur le fin visage du phoco se dessina un sourire. « Au lieu de faire partie de quelqu'un d'autre. »

Stockstill appuya sur le bouton du micro. « Walt

Dangerfield ? répéta-t-il. Vous m'entendez ? » *Est-ce sans espoir ?* s'interrogea-t-il. *Ou bien est-ce que ça vaut encore le coup de continuer ?*

Le phoco, qui roulait en tous sens sur son chariot comme un gros insecte pris au piège, s'enquit : « Je peux aller à l'école maintenant que je suis dehors ?

— Oui, murmura Stockstill.

— Mais je sais déjà des tas de choses, dit Bill. J'ai écouté avec Edie en classe ; j'aime bien Mr. Barnes, pas vous ? C'est un très bon instituteur... Ça me fera plaisir d'être son élève. » Le phoco ajouta : « Je me demande ce que ma mère va dire.

— Comment ? » fit Stockstill, subitement ébranlé. Puis il comprit de qui il voulait parler. *Bonny Keller. En effet*, pensa-t-il, *il sera intéressant de voir ce qu'elle en dit. Elle va payer pour toutes ses aventures... et Dieu sait qu'il y en a eu ; pour ces années passées à séduire un homme après l'autre.*

De nouveau, il pressa le bouton. Et fit une nouvelle tentative.

Mr. Barnes dit à Bonny Keller : « J'ai eu une petite discussion avec ta fille aujourd'hui, après la classe. Et j'ai eu la nette impression qu'elle était au courant, pour nous.

— Mon Dieu, comment est-ce possible ? » Bonny se mit sur son séant en poussant un gémissement, puis rajusta ses vêtements et reboutonna son corsage. Quel contraste entre cet homme et Andrew Gill, qui lui faisait toujours l'amour dehors et en plein jour, sous les chênes au bord des routes, sans se préoccuper de ce qui pouvait passer par là ! Chaque fois Gill l'avait prise comme si c'était la première fois, sans lui demander son avis, sans blabla, sans un frémissement, sans même un murmure... *Je devrais peut-être me remettre avec lui*, songea-t-elle.

Ou alors tous les planter là — Barnes, George et cette petite cinglée d'Edie ; oui, je devrais aller vivre ouvertement avec Gill, défier la communauté et être un peu heureuse, pour changer.

« Bon, si on ne fait pas l'amour, dit-elle à Barnes, allons jusqu'au Forrester's Hall écouter le satellite — le passage de l'après-midi. »

Ravi, Barnes répondit : « On trouvera peut-être des champignons comestibles en chemin.

— Tu es sérieux ? fit Bonny.

— Mais oui.

— Tu es cinglé, dit-elle en secouant la tête. Oui, pauvre cinglé. Je me demande bien ce qui t'a poussé à quitter l'Oregon pour West Marin. L'idée de donner des leçons aux petits enfants et d'aller aux champignons ?

— Ce n'est pas mal, comme mode de vie, dit Barnes. C'est mieux que ce que j'ai pu connaître, même avant la guerre. Et puis... je t'ai, toi. »

Maussade, Bonny Keller se leva ; les mains profondément enfoncées dans les poches de sa veste, elle s'engagea sur la route d'un pas traînant. Barnes suivit, s'efforçant de garder le rythme.

« Je vais m'installer définitivement ici, dit Barnes. C'est ici que s'arrêtent mes pérégrinations. »

Haletant, il ajouta : « Malgré ce qui s'est passé aujourd'hui avec ta fille...

— Il ne s'est rien passé, contra Bonny. C'est la mauvaise conscience, voilà tout. Dépêchons-nous — je ne veux pas rater Dangerfield ; au moins, quand *lui* parle, c'est drôle. »

Derrière elle, Barnes trouva un champignon ; il se pencha. « Une chanterelle ! s'écria-t-il. Non seulement comestible, mais délicieuse ! » Il la cueillit au ras du sol puis se mit en quête de ses semblables. Il en trouva une autre. « Je vais vous faire un ragoût, à George et à toi », l'informa-t-il.

En attendant qu'il ait fini, Bonny alluma une Gold Label Special Deluxe de chez Andrew Gill, soupira, puis fit quelques pas le long de la route bordée de chênes et envahie par les mauvaises herbes.

Cadbury,
le castor en manque

Titre original :

CADBURY, THE BEAVER WHO LACKED

paru dans The Little Black Box, *vol. 5 de* The Collected Stories of Philip K. Dick, *Underwood/Miller, 1987 (écrit en décembre 1971).*

Autrefois, il y a longtemps, avant qu'on n'invente l'argent, certain castor mâle du nom de Cadbury habitait un maigre barrage qu'il avait construit de ses propres dents et de ses propres pattes ; il gagnait sa vie en rongeant pour les abattre arbrisseaux, arbres et autres sous-bois en échange de jetons de poker de diverses couleurs. Ses préférés étaient les bleus, mais ils étaient rares car généralement réservés au règlement de contrats de rongerie formidables, uniques. Au fil de ses nombreuses années de travail, il n'en avait gagné que trois, mais il savait par induction qu'il devait en exister d'autres, et de temps en temps il s'arrêtait en pleine rongerie, se préparait un café instantané et méditait sur toutes les couleurs de jetons, bleu inclus.

Son épouse, Hilda, donnait un avis non sollicité chaque fois que l'occasion se présentait. « Regarde-toi, avait-elle coutume de dire. Tu devrais vraiment consulter un psychiatre. Ta pile de jetons blancs fait à peu près la moitié de celles de Ralph, Peter, Tom, Bob, Jack et Earl, qui tous vivent et rongent dans le coin ; tout ça parce que tu passes ton temps à rêvasser à ces jetons bleus — que tu n'auras jamais parce que franchement, pour dire les choses comme elles sont, il te manque le talent, l'énergie et le dynamisme.

— Énergie et dynamisme, répliquait Cadbury, maussade, veulent dire la même chose. » Mais elle avait raison, il s'en rendait bien compte. C'était d'ailleurs son principal défaut : elle détenait invariablement la vérité là où lui n'avait comme argument que du vent. Or, quand on l'oppose au vent dans l'arène de la vie, c'est le plus souvent la vérité qui l'emporte.

Étant donné, donc, qu'Hilda avait raison, Cadbury sortit huit jetons blancs de sa cache à jetons — un simple creux sous un rocher de moyenne importance — et franchit les quatre kilomètres et quatre cents mètres le séparant du plus proche psychiatre, un lapin placide et fainéant dont les formes rappelaient celles d'une quille de bowling et qui, selon son épouse à *lui*, gagnait quinze mille par an, bon, et alors ?

« Brillante journée », salua avec amabilité le Dr. Drat en déballant deux pastilles digestives avant de se laisser aller en arrière dans son fauteuil pivotant à rembourrage renforcé.

« Pas si brillante que ça, répliqua Cadbury, quand on sait qu'on n'a aucune chance de jamais revoir l'ombre d'un jeton bleu, même quand on s'échine tous les jours de l'année, et pour quel résultat ? Elle dépense les jetons plus vite que je ne les gagne. Même si je décrochais un jeton bleu, il fondrait du jour au lendemain pour un truc à crédit aussi cher qu'inutile, genre torche autorechargeable à douze millions de bougies. Garantie à vie.

— Voilà qui est brillant, commenta le Dr. Drat. Ces choses, là, ces torches autorechargeables.

— Si je viens vous voir, reprit Cadbury, c'est uniquement parce que mon épouse me l'a demandé. Elle me ferait faire n'importe quoi. Si elle me disait : "Nage jusqu'au milieu du ruisseau et coule à pic", vous savez ce que je ferais ?

— Vous vous révolteriez, dit le Dr. Drat de sa voix aimable, les pattes arrière posées sur son bureau en noyer.

— Je lui casserais la gueule, oui ! dit Cadbury. Je la rongerais en mille morceaux ! Je la rongerais en deux ! Ça je vous le dis, moi. Et je ne plaisante pas ; c'est un fait. Je la hais.

— Dans quelle mesure, demanda le Dr. Drat, votre épouse ressemble-t-elle à votre mère ?

— Je n'ai jamais eu de mère », dit Cadbury sur le ton bougon qu'il adoptait de temps en temps — trait de caractère qu'Hilda n'avait pas manqué de souligner. « On m'a retrouvé flottant dans les marais de Napa dans un carton à chaussures, avec un billet manuscrit qui disait QUI LE TROUVE LE GARDE.

— Quel est le dernier rêve que vous ayez fait ? s'enquit alors le Dr. Drat.

— Mon dernier rêve, dit Cadbury, est — a été — identique à tous les autres. Je rêve toujours que j'achète un bonbon à la menthe au drugstore, du genre plat, enrobé de chocolat et enveloppé dans du papier aluminium vert, et quand j'enlève le papier ce n'est pas un bonbon. Vous savez ce que c'est ?

— Et si vous me le disiez ? » dit le Dr. Drat sur un ton laissant entendre qu'il le savait très bien mais qu'il n'était pas payé pour le dire.

Cadbury lâcha non sans violence : « C'est un jeton bleu. Ou plutôt, ça *ressemble* à un jeton bleu. C'est bleu, plat, rond, et ça a la bonne taille. Mais dans le rêve, je dis toujours : “Ce n'est peut-être qu'une menthe bleue.” Je veux dire, ça doit bien exister, les menthes bleues. Vous vous rendez compte, si j'en entreposais une dans ma cache à jetons — un simple creux sous un rocher très ordinaire — et qu'après un jour de grosse chaleur, en revenant chercher mon jeton bleu — ou ce que je *crois* être mon jeton bleu — je le retrouvais fondu parce que c'était bien un bonbon, en fin de compte, et pas un jeton bleu. Contre qui je me retournerais ? Le fabricant ? Mais il ne faisait pas passer ses menthes pour des jetons bleus ; au contraire, il était clairement indiqué, dans mon rêve, sur le papier d'emballage vert...

— Bon, coupa doucement le Dr. Drat, notre séance est terminée pour aujourd'hui. Il se peut bien que nous explorions la semaine prochaine cet aspect de votre moi profond, car il semble que cela doive nous mener quelque part. »

Cadbury se leva et s'enquit : « Qu'est-ce que j'ai,

Dr. Drat ? Je veux une réponse ; soyez franc — je suis capable de l'entendre. Suis-je psychotique ?

— Disons que vous avez des illusions, répondit le Dr. Drat après une pause méditative. Non, vous n'êtes pas psychotique ; vous n'entendez pas la voix du Christ, par exemple, vous ordonner d'aller violer des gens. Non, ce sont des illusions. Sur vous-même, votre travail, votre épouse. Mais il peut y avoir autre chose. Au revoir. » Il se leva à son tour, gagna en sautillant la porte de son cabinet et l'ouvrit poliment mais fermement, dévoilant son tunnel de sortie.

Quelque part, Cadbury se sentit grugé ; il avait l'impression d'avoir juste commencé à parler que déjà c'était l'heure de s'en aller. « Je parie, dit-il, que vous vous faites un sacré paquet de jetons bleus, vous autres psy. J'aurais dû faire des études de psychiatrie, tiens ; comme ça, je n'aurais pas eu de problèmes. À part Hilda ; elle, elle aurait tout de même été là. »

Comme le Dr. Drat n'émettait pas de commentaire, Cadbury reparcourut tristement les six kilomètres qui le séparaient du chantier de rongerie où il travaillait en ce moment, à savoir un grand peuplier qui poussait au bord du ruisseau de la Papeterie, et enfonça rageusement les dents dans le pied de l'arbre en s'imaginant que c'était une syzygie réunissant le Dr. Drat et Hilda.

À cet instant précis ou presque, un volatile au pimpant plumage surgit d'un bosquet de cyprès tout proche pour venir se poser sur une branche du peuplier vacillant, aux derniers stades de la rongerie. « Votre courrier du jour », l'informa le volatile avant de lâcher une lettre au niveau des pattes arrière de Cadbury. « Par la poste aérienne, en plus. Ça a l'air intéressant. Je l'ai tenue à la lumière et c'est écrit à la main, pas tapé à la machine. On dirait l'écriture d'une femme. »

D'un coup d'incisive, Cadbury ouvrit l'enveloppe. L'oiseau postal avait vu juste : c'était bien une lettre manuscrite, manifestement issue d'une tête féminine inconnue. Le message, fort court, consistait en ces quelques mots :

Cher Mr. Cadbury,
Je vous aime.
Cordialement, et dans l'espoir d'une réponse,

JANE FECKLESS FOUNDFULLY [1]

Cadbury n'avait jamais connu personne de ce nom. Il retourna la lettre, ne vit rien d'autre d'écrit, puis la huma et flaira — ou s'imagina flairer — un léger parfum, subtil et un peu âpre. Toutefois, au dos de l'enveloppe, il repéra d'autres mots de la main de (était-ce Mrs. ou Miss ?) Jane Feckless Foundfully : son adresse pour la réponse.

Cela le mit dans tous ses états.

« Alors, j'avais raison ? demanda l'oiseau postal du haut de sa branche.

1. « Feckless » signifie : « Évaporée ». On peut traduire littéralement « Foundfully » par « trouvé(e) pleinement ». D'autre part, n'oublions pas que la jumelle perdue de Philip K. Dick, morte à la naissance, se prénommait Jane. *(N.d.T.)*

— Non, c'est une facture, mentit Cadbury. Simplement, on s'est débrouillé pour que ça ait l'air d'une lettre personnelle. » Il feignit alors de se remettre à ronger et, au bout d'un moment, déçu, l'oiseau s'éloigna à tire-d'aile.

Cadbury cessa aussitôt de ronger, s'assit sur un talus, sortit sa boîte de tabac à priser en écaille de tortue, inspira consciencieusement une copieuse pincée de son mélange préféré, Mrs. Siddon n° 3 & 4, et se demanda avec le plus grand sérieux, la plus grande acuité, si a) il devait répondre à Jane Feckless Foundfully ou oublier jusqu'à son existence, ou b) y répondre, auquel cas fallait-il le faire b petit 1) sur le mode badin ou b petit 2) en joignant un poème riche de sens tiré de son *Anthologie de la poésie mondiale*, à quoi s'ajouteraient quelques notations de son cru suggérant une nature sensible, ou même b petit 3) y aller franchement et dire quelque chose comme :

Chère Miss (Mrs. ?) Foundfully,

En réponse à votre lettre, le fait est que je vous aime aussi, et que je suis malheureux en ménage avec une femme que je n'aime pas et que je n'ai jamais aimée ; d'autre part, je suis très découragé, déprimé et déçu par mon emploi et consulte le Dr. Drat qui, en toute honnêteté, ne me paraît pas être d'un grand secours même si, selon toute probabilité, ce n'est pas sa faute mais plutôt dû à la gravité de mes troubles affectifs. Peut-être vous et moi pourrions-nous nous retrouver dans un proche avenir pour évoquer votre situation et la mienne et faire quelque progrès.

Cordialement, Bob Cadbury (appelez-moi Bob, d'accord ?

Moi je vous appellerai Jane, si ça vous va aussi.)

Le problème, se dit-il — et c'était évident —, *c'est que Hilda aura forcément vent de l'affaire, et qu'elle réagira de manière épouvantable.* Comment ? Il l'ignorait ; il savait simplement (et mélancoliquement) qu'elle se montrerait d'une grande sévérité. En outre, mais en seconde position seulement dans l'ordre des problèmes, comment savoir s'il apprécierait, ou s'il aimerait, l'un ou l'autre, cette Miss (ou Mrs.) Foundfully ? D'évidence, soit elle le connaissait directement par quelque biais dont il ignorait tout, soit elle avait entendu parler de lui par un ami commun ; dans les deux cas, elle semblait certaine de ses sentiments et intentions à son égard, et c'était surtout cela qui comptait.

La situation le déprimait. Car comment savoir si c'était une occasion de sortir de sa misère ou au contraire une aggravation de cette même misère empruntant une nouvelle direction ?

Toujours prisant pincée après pincée, il pesa diverses solutions possibles, y compris celle consistant à mettre fin à ses jours, ce qui lui semblait en accord avec la nature très théâtrale de la lettre de Miss Foundfully.

Ce soir-là, après être rentré de sa rongerie las et découragé, après avoir dîné puis s'être retiré dans son bureau fermé à clé, à l'abri de Hilda, qui ne savait sans doute pas ce qu'il y fabriquait, il sortit sa machine à écrire Hermès portative, y inséra une feuille, réfléchit longuement et méticuleusement, puis rédigea une réponse à Miss Foundfully.

Alors qu'il était mollement allongé, absorbé par sa tâche, son épouse fit irruption dans le bureau fermé à clé. Des morceaux de serrure, de porte et de charnières, ainsi que plusieurs vis, volèrent en tous sens.

« Qu'est-ce que tu fais, interrogea Hilda sur un ton impérieux, courbé sur ta machine à écrire comme une espèce d'insecte ? On dirait une petite araignée toute desséchée — dégoûtante. D'ailleurs, c'est toujours à ça que tu ressembles à cette heure de la soirée.

— J'écris à la bibliothèque centrale, répondit Cadbury avec une dignité glaciale, à propos d'un livre que j'ai rendu bien qu'on affirme le contraire.

— Menteur ! » dit-elle dans une véritable explosion de rage après avoir regardé par-dessus son épaule et lu le début de la lettre. « Qui est cette Miss Foundfully ? Pourquoi lui écris-tu ?

— C'est la bibliothécaire chargée de mon cas, répondit Cadbury non sans habileté.

— Ma foi, tu mens, je le sais, répliqua sa femme, et pour une bonne raison : c'est moi qui t'ai écrit cette fausse lettre parfumée, histoire de te mettre à l'épreuve. Et j'avais raison. Tu es bel et bien en train d'y répondre ; je l'ai su à la minute même où je t'ai entendu tapoter à n'en plus finir sur cette immonde machine de rien du tout que tu chéris tant, bien qu'elle soit d'une vulgarité sans nom. » Elle s'empara de la machine — et de la lettre par la même occasion — et balança le tout par la fenêtre du bureau dans les profondeurs de la nuit.

« J'en conclus donc, parvint à articuler Cadbury au bout d'un temps, qu'il n'existe pas de Miss Foundfully, et qu'il est donc inutile que je prenne ma lampe-torche pour sortir chercher mon Hermès — si elle existe toujours. C'est bien ça ? »

L'air sarcastique, mais sans s'abaisser à répondre, sa femme sortit à grands pas, le laissant seul avec ses suppositions et sa boîte de Boswell's Best, mélange beaucoup trop doux pour une telle occasion.

Bon, se dit Cadbury, *apparemment, je n'arriverai jamais à lui échapper. Je me demande*, songea-t-il en outre, *à quoi Miss Foundfully aurait ressemblé si elle avait existé*. Puis il se dit : *Même si c'est ma femme qui l'a imaginée, peut-être existe-t-il quelque part dans le monde une personne réelle qui ressemble à Miss Foundfully telle que je me l'imagine — ou plutôt, telle que je me l'imaginais avant de découvrir le pot aux roses. Si vous me suivez bien*, rumina-t-il. *Je veux dire, ma femme ne peut être* toutes *les Miss Foundfully du monde.*

Le lendemain, au travail, seul devant son peuplier à demi rongé, il sortit un petit calepin, un bout de crayon, une enveloppe et un timbre qu'il était parvenu à subtiliser chez eux sans que Hilda s'en aperçoive. Assis sur une petite élévation de terrain et prisant d'un air méditatif de petites pincées de Bezoar Fine Grind, il rédigea un court billet, en caractères d'imprimerie afin que ce soit plus lisible.

À quiconque lira ceci !

Je m'appelle Bob Cadbury et je suis un jeune castor en bonne santé pourvu d'un important bagage en science politique et en théologie, quoique largement autodidacte ; j'aimerais discuter avec vous de Dieu, du But de l'Existence et d'autres sujets du même acabit. Ou alors, nous pourrions jouer aux échecs.

Cordialement.

Sur quoi il signa. Il réfléchit un moment, puis inspira pour une fois une grosse pincée de Bezoar Fine Grind et ajouta :

P.-S. Êtes-vous une jeune fille ? Si oui, je parie que vous êtes jolie.

Après avoir plié le billet, il le plaça dans une boîte de tabac à priser quasi vide qu'il scella laborieusement à l'aide de ruban adhésif avant de la pousser dans le ruisseau vers ce qu'il estimait plus ou moins être le nord-ouest.

Plusieurs jours s'écoulèrent avant qu'il ne voie avec joie et allégresse une *autre* boîte de tabac flotter lentement sur le ruisseau ; elle provenait manifestement du sud-est.

Cher Mr. Cadbury [commençait le billet plié à l'intérieur de la boîte]. *Mon frère et ma sœur sont les deux seuls amis pas ringards que j'ai, et si vous êtes pas un ringard, comme tous les gens que j'ai rencontrés depuis que je suis rentrée de Madrid, j'aimerais beaucoup faire votre connaissance.*

Il y avait un P.-S. :

P.-S. Vous semblez vraiment intello ; au poil ! je parie que vous savez un tas de trucs sur le bouddhisme zen.

La signature était difficile à déchiffrer, mais il finit par y voir le nom de Carol Stickyfoot[1].

En retour, il expédia aussitôt le billet suivant :

Chère Miss (Mrs. ?) Stickyfoot,

Êtes-vous une personne réelle, ou bien inventée par ma femme ? Il est essentiel que je le sache tout de suite, car j'ai été abusé par le passé et il faut maintenant que je me tienne constamment sur mes gardes.

Et vogue le billet, flottant vers le nord-ouest dans sa boîte à tabac.

La réponse arriva le lendemain, flottant direction sud-est dans une boîte de tabac à priser Cameleopard n° 5 ; elle disait brièvement :

1. Littéralement : « pied collant ». *(N.d.T.)*

Mr. Cadbury, si vous pensez que je suis un produit de l'esprit tordu de votre femme, vous allez passer à côté de la vie.

Très sincèrement vôtre,

CAROL

Ma foi, voilà certainement un conseil avisé, se dit Cadbury en lisant et relisant la lettre. *D'un autre côté*, se dit-il encore, *c'est tout à fait le genre de chose à laquelle on peut s'attendre de la part d'un esprit tordu comme celui de ma femme. Donc, je n'ai toujours aucune preuve.*

Chère Miss Stickyfoot [écrivit-il en retour],

Je vous aime et je crois en vous. Mais juste par acquit de conscience — de mon point de vue, je veux dire — pourriez-vous envoyer sous pli séparé — en port dû si vous le désirez — un quelconque article, objet ou artefact qui établirait sans doute possible votre identité, si ce n'est pas trop demander. Essayez de comprendre ma position. Je n'ose m'exposer une seconde fois à un désastre du style « Foundfully ». Car cette fois, je passerais par la fenêtre en même temps que l'Hermès.

Avec adoration, etc.

Il mit cette requête à flot, cap au nord-ouest, et aussitôt son attente commença. Cependant, entretemps, il devait retourner voir le Dr. Drat. Hilda avait insisté.

« Alors, comment ça se passe, côté ruisseau ? »

s'enquit le Dr, Drat, jovial, ses grosses pattes arrière duveteuses posées sur son bureau.

La décision de se montrer franc et honnête envers le psychiatre s'imposa brutalement. Quel mal y avait-il à tout lui raconter ? Il était payé pour ça — c'est-à-dire pour entendre la vérité dans tous ses détails, les plus affreux comme les plus sublimes.

« Je suis tombé amoureux de Carol Stickyfoot, commença-t-il. En même temps, quoique mon amour soit absolu et éternel, je nourris la hantise qu'elle ne soit qu'un produit de l'imagination dérangée de mon épouse, une invention du type "Miss Foundfully" destinée à lui révéler ma véritable personnalité, ce que je ne dois faire à aucun prix. Car si celle-ci éclatait au grand jour, je lui ferais cracher ses boyaux et la laisserais sur le carreau.

— Mmm, fit le Dr. Drat.

— Et à vous aussi », ajouta Cadbury, qui déchargea par là toute son hostilité en une seule et unique livraison.

Le Dr. Drat déclara : « Vous n'avez donc confiance en personne ? Vous vous sentez en marge de l'humanité entière ? Vous vous êtes conformé à un mode de vie qui vous a insidieusement conduit à l'isolement total ? Réfléchissez avant de répondre ; la réponse est peut-être oui, et vous pourriez avoir du mal à y faire face.

— Je ne suis pas isolé de Carol Stickyfoot, en tout cas, s'énerva Cadbury. En fait, voilà la question : j'essaie de mettre *fin* à mon isolement.

Quand j'étais obnubilé par les jetons bleus, là d'accord : j'étais isolé. La rencontre de Miss Stickyfoot peut signifier la fin de tout ce qui cloche dans ma vie, et si vous me compreniez un tant soit peu vous seriez drôlement content que j'aie mis cette boîte à tabac à l'eau ce jour-là. Drôlement content. » Il lança un regard noir au médecin à longues oreilles.

« Il vous intéressera peut-être de savoir, dit le Dr. Drat, que Miss Stickyfoot est une de mes anciennes patientes. Elle a craqué à Madrid et il a fallu la rapatrier par avion dans une valise. Je dois avouer qu'elle est séduisante, mais elle a beaucoup de problèmes affectifs. En outre, elle a le sein gauche plus gros que le droit.

— Vous reconnaissez donc qu'elle est réelle ! s'écria Cadbury, enflammé par cette découverte.

— Oh, *tout ce qu'il y a* de réel, je vous l'accorde. Mais vous aurez peut-être affaire à forte partie. Au bout d'un moment, il se peut que vous regrettiez Hilda. Dieu seul sait où Carol Stickyfoot pourra vous conduire, tous les deux. Je doute que Carol elle-même le sache. »

Cadbury trouva cela plutôt prometteur, et c'est plein d'allégresse qu'il regagna son peuplier pratiquement abattu sur la berge. Il n'était, d'après sa Rolex étanche, que dix heures et demie : il lui restait donc la journée pour échafauder des plans, maintenant qu'il savait que Carol Stickyfoot existait réellement, que ce n'était pas un piège, une illusion inventée par son épouse.

Plusieurs zones parcourues par le ruisseau restaient non cartographiées ; mais lui, par la nature de son emploi, les connaissait à fond. Il lui restait cinq ou six heures avant de devoir se présenter devant Hilda ; pourquoi ne pas en profiter pour abandonner temporairement le chantier du peuplier et entamer la construction précipitée d'un petit abri discret, tout à fait ce qu'il leur faudrait, à Carol et à lui, un refuge que le monde extérieur ne saurait identifier, localiser, reconnaître ? Il était temps de passer à l'action ; le temps de la réflexion était révolu.

En fin de journée, comme il s'échinait, intensément concentré, à ériger le petit abri en question, juste comme il fallait, une boîte de Dean's Own arriva en flottant direction sud-est sur le ruisseau. Soulevant un sillage d'eau brassée, il se précipita pour attraper la boîte à tabac avant qu'elle ne passe.

Une fois le ruban adhésif ôté et la boîte ouverte apparurent un petit paquet emballé dans un mouchoir en papier ainsi qu'un message moqueur.

Voici votre preuve [disait le message].

Le paquet contenait trois jetons bleus.

Durant plus d'une heure, Cadbury eut le plus grand mal à ronger correctement, si violent avait été le choc. Quel gage d'authenticité ! Quelle allégeance à l'égard de sa personne et de ce qu'elle représentait ! Au bord de la folie, il rongea l'une après l'autre les branches d'un vieux chêne, éparpillant des bourgeons dans toutes les directions.

Une étrange frénésie le gagna. Enfin il avait trouvé quelqu'un ! Enfin il échappait à Hilda ! La voie était libre, et il n'avait plus qu'à s'y engager en courant... ou plutôt en nageant.

Il lia entre elles plusieurs boîtes à tabac vides à l'aide d'un bout de ficelle et s'enfonça dans le ruisseau ; les boîtes partirent plus ou moins en direction du nord-ouest et Cadbury se mit à barboter derrière elles en haletant d'impatience. Tout en nageant, et sans quitter des yeux les boîtes, il composa un quatrain rimé pour sa rencontre face à face avec Carol.

Rares sont ceux qui vraiment aiment.
Ces vers, je jure, sont sincères :
Car loin d'être un thuriféraire,
Je cherche la vérité même.

Il ne savait pas très bien ce que « thuriféraire » voulait dire, mais il ne trouvait pas d'autre mot qui rime avec « sincère ».

Pendant ce temps, les boîtes assemblées le guidaient de plus en plus près — du moins l'espérait-il et le croyait-il — de Miss Carol Stickyfoot. De la félicité. Mais alors, en nageant, il se rappela les remarques sournoises, soigneusement désinvoltes du Dr. Drat, les germes d'incertitude que celui-ci avait tout professionnellement plantés dans son esprit. Aurait-il (lui, Cadbury, pas Drat) le courage, la force, l'intégrité et la constance nécessaires pour que ça marche avec Carol si elle avait, comme le prétendait Drat, de graves problèmes affectifs ? Et s'il se rendait compte que Drat avait eu raison, finalement ? Si Carol se révélait plus difficile à vivre, encore plus destructrice que Hilda — qui lui jetait son Hermès par la fenêtre, entre autres manifestations de fureur psychopathe ?

Tout à ses ruminations, il ne remarqua pas que les boîtes à tabac avaient silencieusement accosté. Il les rejoignit machinalement et monta sur la rive.

Devant lui, un modeste logement avec des stores peints à la main et un mobile non figuratif qui dansait paresseusement au-dessus de la porte. Et là, sur la terrasse, Carol Stickyfoot qui se séchait les cheveux à l'aide d'une grande serviette-éponge blanche.

« Je vous aime », dit Cadbury. Il s'ébroua puis se trémoussa sur place ; la brusque remontée de ses affects refoulés le mettait mal à l'aise.

Carol Stickyfoot le jaugea du regard. Elle avait de très beaux grands yeux noirs et de longs cheveux épais qui luisaient sous le soleil décroissant. « J'espère que vous m'avez rapporté les trois jetons bleus, dit-elle. Parce que, voyez-vous, je les ai empruntés là où je travaille et il faut que je les rende. » Elle ajouta : « J'ai fait un geste parce que, manifestement, il vous fallait une preuve. Les ringards ont réussi à vous faire douter, notamment Drat, le réducteur de têtes. Un ringard de la pire espèce. Vous voulez une tasse de café instantané ? »

Cadbury la suivit à l'intérieur de son modeste logement et dit : « Je suppose que vous avez entendu ma déclaration préliminaire. Je n'ai jamais été plus sincère. Je vous aime vraiment, c'est sérieux. Je ne suis pas à la recherche d'une expérience banale, futile ou provisoire, mais d'une relation on ne peut plus durable et sérieuse. J'espère de tout mon cœur que ce n'est pas un jeu pour vous, parce que jamais de ma vie je ne me suis senti aussi sérieux, aussi tendu, quel qu'ait été le propos, même les jetons bleus. Si c'est juste une façon de vous distraire, ce genre de chose, ayez la miséricorde d'y mettre un terme dès maintenant en vous exprimant sans détour. Parce que, vous comprenez, c'est une torture que de quitter ma femme, d'entamer une nouvelle vie, pour ensuite m'apercevoir...

— Le Dr. Ringard vous a dit que je peignais ? » s'enquit Carol Stickyfoot en posant une casserole d'eau sur le fourneau meublant sa modeste cuisine avant d'allumer le brûleur à l'aide d'une grande allumette à l'ancienne.

« Non, seulement que vous aviez perdu la boule à Madrid. » Cadbury s'assit à la petite table de pin brut, face au fourneau, et, plein d'amour, regarda Miss Stickyfoot verser des cuillerées de café instantané dans deux grandes tasses en céramique décorées de spirales pataphysiques cuites dans le vernis.

« Vous vous y connaissez en zen, finalement ? demanda-t-elle.

— Je sais seulement qu'on pose des *koans*, des sortes d'énigmes. Et qu'on donne des réponses absurdes parce que la question est idiote au départ, genre : “Pourquoi sommes-nous sur terre ?” et ainsi de suite. » Pourvu qu'il ait formulé ça correctement ! Pourvu qu'elle le croie réellement versé en pensée zen, comme il l'avait mentionné dans sa lettre. Là-dessus lui vint une réponse essentiellement zen à sa question. « Le zen est un système philosophique complet qui contient des questions correspondant à toutes les réponses de l'univers. Par exemple, si vous avez la réponse "Oui", alors le zen peut formuler l'exacte question qui y est liée, disons : "Devons-nous mourir pour plaire au Créateur, à qui il plaît que ses créatures périssent ?" Quoique... En fait, maintenant que j'y réfléchis, la question correspondante serait plutôt : "Sommes-nous ici, dans cette cuisine, sur le point de boire du café instantané ?" Vous êtes d'accord ? » Voyant qu'elle ne répondait pas tout de suite, Cadbury se hâta d'ajouter : « En fait, le zen dirait bel et bien que la réponse "Oui" correspond à la question "Vous êtes d'accord ?". On a là un des grands mérites du zen ; il est susceptible de proposer un éventail de questions exactes en corrélation avec n'importe quelle réponse ou presque.

— Vous dites n'importe quoi, fit Miss Stickyfoot avec dédain.

— Ça prouve bien que je comprends le zen. Vous ne voyez pas ? Ou alors, c'est peut-être que vous ne comprenez pas *vraiment* le zen, répliqua-t-il, piqué au vif.

— C'est bien possible, dit Miss Stickyfoot. Je veux dire : en effet, je ne comprends peut-être pas le zen. Le fait est que je n'y comprends même rien du tout.

— Eh bien, c'est très zen, justement, souligna Cadbury. Et moi je le comprends. Ce qui est zen aussi. Vous saisissez ?

— Voilà votre café. » Miss Stickyfoot posa les deux tasses fumantes sur la table et s'assit face à lui. Puis elle sourit. Il trouva que c'était un beau sourire, plein de lumière et de douceur, un drôle de petit sourire timide et plissé, avec dans les yeux une lueur interrogatrice et déconcertée teintée d'étonnement inquiet. Elle avait vraiment de beaux grands yeux noirs, les plus beaux qu'il eût jamais vus, et il était sincèrement amoureux d'elle ; il n'avait pas fait que le dire.

« Vous savez, je pense, que je suis marié, dit-il entre deux petites gorgées de café. Mais nous sommes séparés. J'ai construit une masure le long du ruisseau, à un endroit où personne ne va jamais. Je dis "masure" pour ne pas vous donner l'impression qu'il s'agit d'un manoir, quelque chose comme ça ; en fait, elle est de très bonne facture. Je suis un excellent artisan dans mon domaine. Je n'essaie pas de vous impressionner ; c'est l'entière vérité, je le jure devant Dieu. Je suis sûr de pouvoir subvenir à nos besoins. Ou alors, habitons ici. » Il examina le modeste logement de Miss Stickyfoot. Avec quel ascétisme, quel goût elle l'avait arrangé ! Il lui plaisait vraiment ; il sentait la paix le gagner ; ses tensions s'affaiblissaient progressivement. Pour la première fois depuis des années.

« Vous avez une aura bizarre, déclara Miss Stickyfoot. Un peu... je ne sais pas : moelleuse, laineuse. Violette, aussi. Elle me convient. Mais je n'en ai jamais vu de pareille. Jouez-vous au train électrique ? Parce que, à mon avis, c'est le genre d'aura qu'on trouve chez les gens qui fabriquent des modèles réduits pour jouer au train électrique.

— Je sais fabriquer quasiment n'importe quoi, répondit Cadbury. Avec mes dents, mes mains, mes mots. Écoutez, ceci est pour vous. » Il lui récita son quatrain. Miss Stickyfoot l'écouta intensément.

« Ce poème, décréta-t-elle lorsqu'il eut fini, a du *wu*. "Wu" est un terme japonais — ou bien chinois, peut-être ? — qui veut dire... enfin, vous savez. » Un geste irrité. « Simplicité. Comme dans certaines œuvres de Klee. » Malheureusement, elle ajouta : « Mais il n'est pas très bon. Sinon...

— Je l'ai composé, protesta-t-il, comme je descendais le ruisseau à la nage derrière mon assemblage de boîtes à tabac. Sous l'impulsion du moment ; je peux faire mieux quand je suis seul devant mon Hermès, dans mon bureau fermé à clé. Du moment que Hilda ne cogne pas à la porte. Vous comprenez pourquoi je la hais. À cause de ses intrusions sadiques ; le seul moment dont je dispose pour créer, c'est quand je nage ou quand je déjeune. Ce seul aspect de ma vie conjugale explique que j'aie voulu rompre les amarres et partir à votre recherche. Au côté de quelqu'un comme vous, je pourrais créer à un niveau encore inédit. J'aurais des jetons bleus comme s'il en pleuvait. En plus, je ne serais pas obligé de dépenser — et de *me* dépenser — chez Drat, dont vous dites à juste titre que c'est un ringard de première.

— Des jetons bleus, répéta Miss Stickyfoot avec

une grimace de dégoût. C'est ça, le niveau de création que vous voulez atteindre ? Je vous trouve des aspirations de grossiste en fruits secs. Oubliez donc les jetons bleus ; ne quittez pas votre femme pour ça : vous emporteriez avec vous votre ancien système de valeurs. Vous avez intériorisé ce qu'elle vous a appris, sauf que vous poussez un stade plus loin. Empruntez une trajectoire radicalement différente et tout ira bien pour vous.

— Le zen, par exemple ?

— Vous ne faites que jouer avec le zen. Si vous le compreniez vraiment, vous n'auriez jamais répondu à mon mot en venant ici. Il n'existe pas au monde d'individu parfait, ni pour vous ni pour les autres. Je ne peux pas vous réconcilier avec votre femme ; vos problèmes, vous les portez à l'intérieur de vous.

— Je suis d'accord jusqu'à un certain point, admit Cadbury jusqu'à un certain point. Mais ma femme les aggrave. Avec vous, ils ne disparaîtraient peut-être pas totalement, mais ils seraient plus supportables. *Tout* serait plus supportable que ce que je vis actuellement. Vous au moins, vous ne jetteriez pas mon Hermès par la fenêtre chaque fois que vous seriez en colère contre moi ; de plus, vous ne vous mettriez peut-être pas en colère contre moi vingt-quatre heures sur vingt-quatre, comme elle. Vous y aviez pensé, à ça ? Mettez ça dans votre poche avec votre mouchoir par-dessus, comme on dit. »

Son raisonnement ne parut pas échapper à Miss Stickyfoot, qui hocha la tête, montrant par là qu'elle était au moins partiellement d'accord. « Très bien », fit-elle après un silence. Dans ses séduisants yeux noirs brilla une lueur soudaine. « Faisons une tentative. Si vous réussissez à cesser un instant vos jacasseries obsessionnelles — pour la première fois de votre vie, peut-être — je ferai avec vous et pour vous ce que vous n'auriez jamais pu faire par vous-même et qui doit être fait. D'accord ? Alors, je peux y aller ?

— Depuis tout à l'heure, vous articulez bizarrement », remarqua Cadbury, avec un mélange de surprise et d'inquiétude mêlée de respect. Car sous ses yeux Miss Stickyfoot changeait de manière tangible. Tandis qu'il la contemplait fixement, il voyait évoluer l'idéal de beauté qu'elle avait jusque-là représenté pour lui ; la beauté telle qu'il l'avait connue, anticipée, imaginée, se dissolvait et s'enfuyait, emportée par les fleuves de l'oubli, du passé, des limites de son esprit à lui ; elle cédait la place à un phénomène plus inaccessible, bien supérieur ; jamais son imagination n'aurait su lui donner naissance. C'était bien au-delà de ses moyens.

Miss Stickyfoot était devenue plusieurs personnes, chacune liée à la nature de la réalité, jolie sans être chimérique, attirante en restant dans les limites du concret. Et ces personnes, il le voyait, avaient d'autant plus d'existence, d'essence qu'elles n'étaient *pas* des manifestations actualisant ses désirs ; non, ce n'étaient pas des produits de son esprit. Il y avait parmi elles une Eurasienne aux longs cheveux noirs et luisants qui rivait sur lui des yeux impassibles, pétillants d'intelligence et de conscience sereine ; ces yeux révélaient de lui une perception lucide, exacte, que ne venait entacher nul sentiment — pas même la bonté, la pitié, la compassion ; et pourtant, ces yeux-là exprimaient une forme d'amour bien particulière : la justice, dispensée sans la moindre aversion, sans répudiation aucune, alors que la figure féminine était parfaitement consciente de ses imperfections à lui. Oui, un amour fraternel qui véhiculait l'appréciation cérébrale, analytique qu'elle formulait à l'égard de Cadbury, mais aussi à l'égard d'elle-même et du lien que créaient entre eux deux leurs failles communes.

La jeune fille suivante souriait, pleine de mansuétude et de tolérance, et, loin de le considérer comme défaillant (car rien de ce qu'il était, de ce qu'il n'était pas, de ce qu'il pouvait faire ou était incapable de faire n'était susceptible de la décevoir ou d'amoindrir son estime), elle irradiait une lueur qui couvait obscurément en elle, une lueur accompagnée d'une sorte de joie chaleureuse, un peu triste et en même temps éternellement allègre : celle-ci était sa mère, la mère éternelle qui jamais ne disparaissait, jamais ne s'en allait, jamais ne le quittait, jamais ne l'oubliait, la mère qui jamais ne cesserait de le protéger, de l'abriter sous une cape qui le dissimulait, le réconfortait, lui insufflait de l'espoir et ranimait en lui l'étincelle de la vie quand la souffrance, la solitude et l'échec le glaçaient au point de le réduire en cendres... Et celle-là, la première jeune fille, était son égale : sa sœur, peut-être ; à côté de la douce mais forte mère, fragile et craintive, mais qui ne le montrait pas.

Et à côté d'elles une troisième jeune fille, grincheuse et irritable celle-là, une jeune fille boudeuse et immature à la joliesse gâtée, à la peau marquée, qui portait un chemisier trop brillant, trop chargé de volants, une jupe trop courte dévoilant des jambes trop minces, et dont, pourtant, émanait comme un charme en germe. Elle le considérait d'un air déçu, comme s'il l'avait laissée tomber, l'avait trahie et devait toujours se conduire ainsi ; et en même temps, il y avait de l'exigence dans ce regard : elle en demandait toujours plus, elle essayait encore de puiser en lui ce dont elle avait besoin, ce à quoi elle aspirait : le monde entier, le ciel, tout, et elle le méprisait parce qu'il ne pouvait le lui donner. Celle-ci, comprit-il, était la fille qu'il aurait un jour et qui, un jour, se détournerait de lui, à l'inverse des deux autres, la fille qui l'abandonnerait, vindicative et déçue, pour aller chercher l'assouvissement auprès d'un autre homme, plus jeune. Il ne l'aurait à ses côtés que très peu de temps. Et il ne la satisferait jamais pleinement.

Mais toutes trois l'aimaient, et toutes trois étaient ses filles, ses femmes, ses réalités féminines pleines de mélancolie, d'espoir, de tristesse, de frayeur, de confiance, de souffrance, de rire, de sensualité — à la fois protectrices, réconfortantes et exigeantes ; sa trinité à lui, sa représentation du monde objectif qui à la fois s'opposait à lui et le complétait, qui ajoutait à sa personne tout ce qu'il n'était pas et ne serait jamais, tout ce qu'il chérissait, estimait, respectait, aimait et réclamait plus que tout au monde. Miss Stickyfoot proprement dit avait disparu. Les trois jeunes filles avaient pris sa place. Et ce n'était pas à distance qu'elles communiquaient avec lui, par-delà un gouffre, par l'intermédiaire de messages flottant sur le ruisseau de la Papeterie dans des boîtes de tabac à priser ; non, elles s'adressaient directement à lui en fixant sur lui leur regard implacable, sans jamais cesser d'avoir conscience de lui.

« Je vivrai avec toi, dit l'Eurasienne aux yeux sereins. Je serai une compagne neutre, intermittente, aussi longtemps que je vivrai, aussi longtemps que tu vivras, ce qui ne durera peut-être pas toujours. La vie est passagère et ça ne vaut souvent pas le coup de se faire baiser par elle. Parfois je me dis que les morts s'en sortent mieux que nous. J'irai peut-être les rejoindre aujourd'hui, peut-être demain. Je vais peut-être te tuer, t'expédier les rejoindre, ou alors t'emmener avec moi. Tu veux venir ? Tu peux payer le voyage, du moins si tu veux que je t'accompagne. Sinon j'irai seule, et gratuitement, à bord d'un 707 militaire ; j'ai une pension à vie, que je verse sur un compte secret — un investissement pas très légal, de nature confidentielle, et cela pour des raisons que tu n'as pas *du tout* intérêt à connaître. » Elle marqua une pause en le considérant toujours d'un œil impassible. « Alors ?

— Alors quoi ? demanda Cadbury, qui avait perdu le fil.

— Je disais », dit-elle avec une impatience non dissimulée, l'air de perdre toute illusion sur ses capacités mentales, « que je vivrai avec toi durant une période non spécifiée dont l'issue reste incertaine, du moment que tu as les moyens, et en particulier — j'insiste — si tu fais tourner la maison efficacement ; je veux dire : si tu paies les factures, si tu fais le ménage, les courses et la cuisine — de telle manière que je n'aie pas à m'en occuper. Que je puisse me livrer à mes activités propres, qui sont plus importantes.

— D'accord, dit-il avec empressement.

— Je ne vivrai jamais avec toi », déclara alors la jeune fille aux yeux tristes et à la chevelure évanescente — celle qui était chaleureuse, potelée, malléable, celle qui portait un blouson en cuir très doux orné de pompons, un pantalon en velours marron, des bottes assorties et un sac à main en peau de lapin. « Mais je passerai te voir de temps en temps en allant au boulot le matin, histoire de voir si t'as pas un pétard à me refiler ; et si t'en as pas et que tu flippes, je te soufflerai ma fumée dans la bouche — mais pas tout de suite, là. D'ac' ? » Son sourire s'intensifia, ses beaux yeux s'emplirent de sagesse et exprimèrent la complexité informulée de son amour et de sa nature.

« D'accord », répondit-il. Il aurait voulu davantage, mais savait que ça n'irait pas plus loin ; elle ne lui appartenait pas, elle n'existait pas pour lui : elle était elle-même, produit et fragment du monde.

« Viol », dit la troisième jeune fille. Ses lèvres

trop rouges, trop pulpeuses, grimaçaient de malveillance, mais en même temps elles se plissaient d'amusement. « Je ne te quitterai jamais, vieillard lubrique ; sinon, comment tu vas en trouver une autre qui veuille bien vivre avec un type qui maltraite les gosses et qui peut succomber d'un jour à l'autre à une thrombose coronarienne ou à un infarctus majeur ? Moi partie, ça sera fini pour toi, vieux cochon. » Soudain, l'espace d'un bref instant ses yeux se brouillèrent — il y avait là du chagrin, de l'attendrissement — mais ça ne dura pas. « Ce sera la seule période de bonheur de ta vie. Tu vois que je ne peux pas m'en aller ; à cause de toi je suis obligée de différer ma propre vie, même si ça doit durer toujours. » Alors, par degrés, toute son animation la quitta ; une noirceur résignée, mécanique, inerte se peignit sur ses traits tapageurs, immatures, et si séduisants. « Mais si on me fait une offre plus intéressante ailleurs, reprit-elle sans broncher, je l'accepterai. Faudra voir. Jauger ce qui se passe un peu par là.

— Ben voyons ! » explosa Cadbury, plein de rancœur. Il ressentait déjà un grand déchirement, comme si elle était d'ores et déjà partie, alors qu'il ne s'était encore rien passé ; voilà qu'elle venait d'arriver, la chose qu'il redoutait le plus au monde.

« Et maintenant, firent soudain les trois jeunes filles, venons-en aux choses sérieuses. Combien de jetons bleus tu as ?

— C-comment ? bégaya Cadbury, désarçonné.

— C'est la règle du jeu », firent en chœur les trois jeunes filles, la voix flûtée et les yeux pétillants d'intransigeance. On abordait un sujet qui mettait aussitôt tous leurs sens en éveil ; individuellement et collectivement, elles étaient sur le qui-vive. « Voyons ton chéquier. Quel est ton solde ?

— Quel est ton revenu annuel brut ? demanda l'Eurasienne.

— Jamais je ne t'escroquerais, dit la jeune fille chaleureuse, sentimentale, patiente et aimante. Mais tu ne pourrais pas me prêter deux jetons bleus ? Je sais que tu en as des centaines ; un castor important et célèbre comme toi !

— Va en chercher quelques-uns, achète-moi deux litres de lait chocolaté, une boîte de beignets assortis et un Coca chez Speedy Mart, dit la jeune fille grincheuse.

— Je peux emprunter ta Porsche ? demanda la jeune fille aimante. Si je prends de l'essence ?

— En revanche, tu ne pourras pas conduire la mienne, dit l'Eurasienne. Il faudrait payer une surprime d'assurance, et c'est déjà ma mère qui paie.

— Apprends-moi à conduire, dit la jeune fille grincheuse, que je puisse me faire accompagner au drive-in par un de mes petits copains demain soir ; ça ne coûte que deux dollars par voiture. Ils passent cinq pornos ; on n'aura qu'à faire entrer deux mecs et une nana dans le coffre.

— Tu as intérêt à me confier la garde de tes jetons bleus, dit la jeune fille aimante. Parce que les deux autres vont te ratisser.

— Va te faire foutre, dit rudement la jeune fille grincheuse.

— Si tu l'écoutes, si tu lui donnes un seul jeton bleu, déclara farouchement l'Eurasienne, je t'arrache le cœur et je le bouffe vivant. Quant à cette traînée, elle a la vérole ; si tu couches avec elle, tu seras stérile pour le restant de tes jours.

— Je n'ai pas de jetons bleus », intervint anxieusement Cadbury, craignant que, sachant cela, les filles ne s'en aillent toutes les trois. « Mais je...

— Vends ton Hermès Rocket, dit l'Eurasienne.

— Je m'en occuperai à ta place, dit de sa douce voix la jeune fille aimante et protectrice. Je t'en donnerai... » Elle se livra à de laborieux calculs. « Je partagerai avec toi. Équitablement. Jamais je ne t'arnaquerais. » Elle lui sourit et il sut que c'était vrai.

« Ma mère a une I.B.M. électrique à boule avec régulateur d'espaces, fit la jeune fille grincheuse d'un air hautain, presque méprisant. Je m'en achèterais bien une, histoire d'apprendre à taper et de me dénicher un bon boulot, mais je gagne plus avec les allocations.

— Vers la fin de l'année..., commença Cadbury, au désespoir.

— Bon, alors à plus tard, dirent les trois jeunes filles qui avaient été Miss Stickyfoot. Ou alors, tu n'as qu'à nous les poster, ces jetons bleus. D'accord ? » Là-dessus elles se mirent à disparaître toutes ensemble ; elles vacillaient, elles devenaient insubstantielles. À moins que...

C'était peut-être Cadbury, le Castor en manque, qui devenait insubstantiel ? Il en eut l'intuition aussi subite que désespérante : cette dernière hypothèse était la bonne. C'était *lui* qui s'effaçait ; elles, elles restaient.

Et pourtant c'était mieux comme ça.

Il pouvait survivre à cela. À sa propre disparition. Mais pas à la leur.

Déjà, dans le bref laps de temps durant lequel il les avait connues, elles avaient plus compté à ses yeux qu'il ne comptait pour lui-même. Et ça, c'était un soulagement.

Qu'il ait ou non des jetons bleus à leur donner — puisque c'était, apparemment, ce qui leur importait —, elles survivraient. Si elles ne réussissaient pas à lui en soutirer, extorquer, emprunter, bref, lui en prendre, elles les obtiendraient d'un autre. Ou alors elles continueraient joyeusement à s'en passer. Elles n'en avaient pas vraiment *besoin* ; le problème, c'est qu'elles *aimaient* ça. Elles pouvaient survivre avec ou sans. Mais, franchement, ce n'était pas la survie qui les intéressait. Elles avaient envie d'être heureuses, authentiquement heureuses, elles en avaient fermement l'intention, et elles savaient comment y arriver. Elles ne se contentaient pas de la survie ; elles voulaient *vivre*.

« J'espère que je vous reverrai, dit Cadbury. Ou plutôt, j'espère que *vous* me reverrez. Je veux dire, j'espère que je réapparaîtrai, au moins brièvement, de temps en temps, dans vos vies. Juste pour voir comment vous allez.

— Arrête de faire des projets pour nous », dirent-elles à l'unisson. Cadbury n'avait pratiquement plus aucune existence ; tout ce qu'il restait de lui à présent, c'était une fine volute de fumée grise s'attardant comme une plainte dans l'air raréfié qui jusque-là acceptait de le matérialiser.

« Tu reviendras », dit avec certitude la jeune fille aimante aux formes pleines, aux yeux chaleureux et aux vêtements de cuir, comme si elle savait instinctivement qu'il ne pouvait y avoir le moindre doute là-dessus. « Nous te reverrons.

— Je l'espère », dit Cadbury. Mais le son même de sa voix éteinte s'était trop affaibli — celle-ci palpitait comme un signal radio décroissant en provenance d'une lointaine étoile refroidie depuis bien longtemps, figée dans la cendre, la nuit, l'inertie et le silence.

« Allons à la plage », dit l'Eurasienne. Toutes trois s'éloignèrent, pleines d'assurance, de substance et de vie, tournées vers les activités que promettait la journée. Et soudain elles ne furent plus là.

Cadbury (ou du moins les ions qui restaient de lui et formaient une espèce de sillage vaporeux ponctuant son passage à travers l'existence) se demanda s'il y aurait, sur leur plage, de beaux arbres à ronger. Puis il se demanda où se trouvait cette plage. Si elle était agréable. Si elle avait un nom.

La jeune fille potelée, compatissante et aimante, celle en blouson de cuir à pompons tout doux, s'arrêta une seconde, jeta un coup d'œil derrière elle et dit : « Tu veux venir ? On pourrait te prendre avec nous un petit moment, juste cette fois-ci.

Mais c'est la dernière, hein ? Tu sais comment c'est. »

Il n'y eut pas de réponse.

« Je t'aime », dit-elle doucement, comme pour elle-même. Alors réapparut son sourire larme-à-l'œil, son sourire à la fois gai, chagriné, compréhensif et chargé de souvenirs.

Puis elle poursuivit son chemin. Un peu en arrière des deux autres. Elle s'attardait légèrement, comme si, sans le montrer, elle regardait en arrière.

Au revoir, Vincent

Titre original :

GOODBYE, VINCENT[1]

paru dans The Dark-Haired Girl, *Ziesing, 1988*
(écrit en mai 1972 au dire de Paul Williams)

1. Ce titre est de Paul Williams. Le texte original commence par « Chère Linda » et s'achève par « Avec amour ». *(N.d.T.)*

L'autre jour, comme j'allais à la fac à pied, un type au volant d'une Mustang relativement récente m'a pris en stop. Nous n'avons pas trouvé grand-chose à nous dire pendant un bon moment — vous savez comment est l'univers ; puis, remarquant une jolie petite poupée en plastique qu'il avait assise à côté de lui sur la coque de l'arbre de transmission, je me suis lancé dans une conversation un peu sans queue ni tête, le genre sans but précis, simplement destinée à ne pas laisser s'installer le silence. Je lui ai posé des questions sur la poupée. C'était le style pin-up, les cheveux noirs coupés court, une expression chaleureuse, amicale, douce, de jolis traits et une minijupe ultracourte — elle avait de longues jambes, c'était une poupée sexy, comme celles à qui les petites filles achètent des tenues vestimentaires pour chaque occasion. Ces poupées-mannequins de mode qui les occupent toute la journée, assises par terre devant la télé.

« C'est une poupée Linda, dit le type. Fabriquée par Levy. Vous avez bien dû voir leur immeuble au bord de l'autoroute, près de L.A. Ils viennent juste après Mattell, et ils finiront par les dépasser. Cette poupée a beaucoup plus de caractère dans les traits que Barbie.

— J'aimerais bien rencontrer une vraie fille qui ressemble à ça, dis-je. Je veux dire, dans la vie réelle. Pas une poupée, quoi.

— Cette époque-là est révolue, dit le type d'un air sombre en pilotant sa Mustang. Peut-être était-ce possible autrefois, si ce qu'on dit est vrai. Sur l'origine de la poupée Linda. On avait une chance de la rencontrer, dans le temps, avec un peu de veine, mais plus maintenant. Ça a dû être une époque formidable, d'après ce qu'on m'a dit. Il y a vraiment eu une Linda. C'est la légende, en tout cas. Ce que Levy raconte ; mais ce n'est peut-être pas toute la vérité ; il faut en quelque sorte la reconstituer à partir des allusions qu'ils publient de temps en temps dans leurs communiqués de presse, généralement en réponse aux lettres que leur écrivent les gosses. Enfin, à ce qu'il paraît, il y avait donc une fille nommée Linda — en vrai, dans la vie réelle, comme nous ; les gens de chez Levy sont tombés sur une photo d'elle, ou bien quelqu'un de l'usine la connaissait... à l'origine, ils fabriquaient des voitures d'occasion ou je ne sais quoi ; j'ai oublié. Or cette vraie Linda était sexy. Comme la poupée. Mais encore plus. On ne peut pas vraiment mettre dans une poupée toutes les subtiles nuances de la vie réelle.

— Ça, c'est bien vrai.

— Les gens la voyaient se balader, perdue, triste,

mais avec un drôle de petit sourire indéchiffrable. Et des petits yeux noirs brillants. Une fille pleine de piquant, d'entrain et tout ça, vraiment pleine d'allant et de vie, racontant des trucs drôles, sillonnant la ville et les autoroutes dans sa Camaro.

— Comment s'appelait la Camaro ?

— George.

— Elle avait un père ?

— Bien sûr. Le père de George était... non, vous ne me croiriez pas. Passons. C'est probablement un mythe. Quoi qu'il en soit, Linda croyait en la vie en général et en particulier, mais elle était très originale... on ne savait jamais ce qu'elle allait dire ou faire. Elle était imprévisible. Quand elle décrochait le téléphone pour répondre — les gens de chez Levy disent qu'elle était parfois standardiste —, elle disait des trucs bizarres, tripants. Et la moitié du temps le correspondant avait les jetons et raccrochait. Ou alors il riait. Suivant qu'il avait le sens de l'humour ou pas. Suivant que lui aussi était vivant ou pas.

— Ouais, ça dépend comment on réagit devant les gens hyper-vivants.

— Ouais, c'est ça son truc ; elle était hypervivante. Elle était tout le temps à s'agiter, comme un petit électron. Mais peu à peu elle s'est lassée ; usée. Une poupée, ça se remplace. Il en sort tous les jours de nouvelles de la chaîne de montage. Mais avec les individus, il n'y a que l'original. C'est comme ça. C'est pour ça, je suppose, que les gens de chez Levy ont été si pressés de la dupliquer, de l'empêcher de...

— Le feu rouge, là !

— Merci. » Le type arrêta la Mustang derrière un van VW bleu. « Donc, elle a commencé à fatiguer, à avoir mal la nuit ; elle avait plein de poupées dans sa chambre, alors elle leur a demandé de l'aide.

— Qu'ont-elles fait ?

— Ce qu'elles pouvaient. Elles ont essayé de l'aider. Personne ne sait très bien, en dehors d'elle ; elle était seule avec elles dans sa chambre, la nuit.

— Personne d'autre ne l'a aidée ? Elle ne connaissait donc personne ? Quelqu'un qui l'aime, se fasse du souci pour elle, s'intéresse à elle et se demande comment elle va de temps en temps ?

— Cette partie-là reste dans le vague à cause de la légende, du mythe. Quelquefois, les brochures de Levy insinuent qu'un tas d'individus variés l'aimaient effectivement. Mais elle avait tellement de soucis ! Comme de sortir sans soutien-gorge, par exemple.

— Pardon ?

— D'après une de ces brochures, elle conduisait une ambulance, quelque chose comme ça — en tout cas, un jour, les flics de L.A. l'ont coincée au volant de son ambulance sans soutien-gorge. Je ne me rappelle pas le chef d'inculpation exact. “Attitude irrespectueuse au volant d'un véhicule de secours d'urgence”, un truc de ce genre. Une autre fois, elle s'est fait prendre en train de vendre des billets d'entrée pour une autopsie. Cinq *cents* on regarde, dix *cents* on touche — et ainsi de suite. Par certains côtés, Linda était un peu bizarre. Mais les gens l'adoraient. Elle poussait un drôle de petit cri mélancolique, disaient-ils. Quand on la prenait dans ses bras ; il paraît que c'était captivant, charmant. Même si ça mettait fin au contrat, à ce qu'on dit.

— On dirait qu'elle n'était pas très heureuse.

— Pourtant, elle essayait ! Elle essayait sans cesse, quoi qu'il arrive. Quand elle se saoulait...

— Ah bon, elle buvait ?

— Chaque fois que c'était possible. En toute occasion. Sauf, bien sûr, quand elle travaillait. En particulier dans son dernier boulot, qu'elle prenait très au sérieux. Elle polissait des pierres tombales.

— Ah ?

— On lui avait donné du matériel, de la pierre ponce, un chiffon, des trucs dans ce genre. Et tous les jours, à "Aller-Simple pour les Verts Pâturages de la Vallée Heureuse", elle s'acquittait de son boulot, elle étalait de la poudre de pierre ponce sur les tombes puis elle frottait, elle astiquait, elle polissait consciencieusement, de telle manière qu'elles vieillissaient de jour en jour. C'était la grande ambition de Linda : vieillir toutes les pierres tombales au monde, en commençant par la région de L.A. et en poursuivant vers le nord.

— Et c'est comme ça qu'elle est partie ?

— C'est comme ça qu'elle est partie. À force de polir en se dirigeant toujours vers le nord, en passant par tous les cimetières publics, église ou pas, et sans oublier les stèles derrière les stations Chevron ou les Pizza Hut, partout où elle en trouvait. Linda faisait du bon boulot ; Linda réussissait toujours ce qu'elle entreprenait. Quelquefois, cependant, son côté extravagant prenait le dessus et, par exemple, elle flanquait sur le tombeau, après avoir vieilli la dalle, une étiquette du genre : "Agréé par le ministère américain de l'Agriculture." Mais ça lui a attiré des ennuis avec le ministère, alors après, elle s'est mise à sortir de temps en temps un autocollant : "Fragile. Manipuler avec précaution." Et elle le collait sur la tombe. C'était devenu sa marque de fabrique, pour finir. Comme ça, on savait que Linda était passée par là. On pouvait suivre sa trace à travers toute la Californie, jusque dans l'Oregon et plus au nord. Quelque part en route, évidemment, elle s'est retrouvée à court d'étiquettes. En tout cas, la piste s'est interrompue.

— Et maintenant, les pierres tombales ont cessé de vieillir. »

Le conducteur de la Mustang a tourné à droite, s'est rangé sur une place de stationnement au bord du trottoir et nous a arrêtés, la voiture et nous. Il est resté un moment sans rien dire, puis a pris la petite poupée Linda. « À mon avis, a-t-il dit, elle est toujours dans les parages. Nous l'espérons tous, nous qui possédons une poupée Linda de chez Levy. Et nous sommes des millions... Pour la plupart des enfants. Mais ça ne fait rien. Elle est vraiment mignonne, non ? » Il a brandi la poupée et nous l'avons admirée tous les deux.

« Coucou, Linda, ai-je dit.

— Coucou, Vincent, a dit la poupée Linda.

— Vincent ? protestai-je. Mais je m'appelle Phil, pas Vincent.

— La poupée Linda appelle tout le monde Vincent », a dit le chauffeur de la Mustang en passant le bras devant moi pour ouvrir la portière. « Vous êtes arrivé. Bonne chance. Personne ne sait pourquoi, chez Levy on a programmé la poupée pour appeler tout le monde Vincent. Un des mystères qu'on ne perce jamais à jour, sans doute. Peut-être y avait-il un Vincent dans la vie de la vraie Linda. Ou peut-être est-ce à cause de la chanson[1].

— Elle a l'air triste, dis-je en descendant de voiture.

— Quand on retirera Barbie du marché, elle se sentira mieux, dit le chauffeur de la Mustang. Elle n'attend que ça. Dis au revoir à Phil, Linda.

— Au revoir, Vincent. »

1. D'après Paul Williams, il s'agit de « Vincent », par Don McLean, chanson qui s'adressait à Vincent Van Gogh et fut un tube au printemps 1972 aux États-Unis. *(N.d.T.)*

L'œil de la Sibylle

Titre original :

THE EYE OF THE SIBYL

paru dans The Little Black Box, *vol. 5 de*
The Collected Stories of Philip K. Dick,
Underwood/Miller, 1987
(manuscrit reçu par Scott Meredith Literary Agency
le 15/5/75).

Comment se fait-il que la République romaine sache ainsi, et depuis si longtemps, se protéger de ceux qui voudraient la détruire ? Nous, Romains, quoique simples mortels, bénéficions de l'assistance d'êtres infiniment supérieurs à nous. Ces entités pleines de bonté et de sagacité, originaires de mondes inconnus de nous, sont toujours disposées à aider la République lorsqu'elle est en péril. Le reste du temps, elles se retirent... pour mieux revenir quand nous avons besoin d'elles.

Prenez l'assassinat de Jules César, par exemple : l'affaire parut close avec le meurtre des conjurés. Mais comment nous, Romains, avons-nous su qui avait commis cet acte infâme ? Et, plus important, comment nous y sommes-nous pris pour les traduire en justice ? C'est que nous jouissions d'une aide extérieure ; nous avions avec nous la Sibylle de Cumes, qui sait mille ans à l'avance ce qui va arriver et nous donne, par écrit, son avis. Tous les Romains connaissent l'existence des Livres sibyllins. Nous les ouvrons chaque fois que le besoin s'en fait sentir.

Moi-même, Philos Diktos de Tyane, j'ai vu les Livres sibyllins. Nombreux sont les patriciens, et notamment les membres du Sénat, qui les ont consultés. Mais moi j'ai vu la Sibylle en personne et, d'expérience, je sais sur elle une chose que peu d'hommes savent. Maintenant que je suis vieux — à mon grand dam, mais par la nécessité qui lie tous les mortels — je suis prêt à confesser qu'un jour, par accident me semble-t-il, j'ai vu, dans le cadre des obligations incombant au prêtre que je suis, par quel moyen la Sibylle peut explorer les corridors du temps ; je sais ce qui l'en rend capable, comme en fut capable avant elle son équivalent à Delphes, en ce pays hautement révéré — la Grèce.

Peu d'hommes savent ceci et il se peut que, franchissant la barrière du temps, la Sibylle me punisse d'avoir rendu la chose publique et me réduise à jamais au silence. Par conséquent, il est tout à fait possible que je n'aie pas le loisir d'achever ce manuscrit, qu'on me retrouve la tête éclatée comme un melon trop mûr — ces melons du Levant que nous, Romains, prisons tant. Toutefois, vu mon grand âge, j'aurai l'audace de parler.

Ce matin-là je m'étais querellé avec ma femme — j'étais encore jeune et l'affreux assassinat de Jules César venait d'avoir lieu. À l'époque, nul ne savait avec certitude qui étaient les coupables. Crime de haute trahison ! Le plus hideux des meurtres — mille coups de couteau dans le corps d'un homme venu stabiliser notre société vacillante... avec l'approbation de la Sibylle en son temple ; nous avions vu les textes qu'elle avait rédigés en ce sens. Nous le savions, elle avait prévu qu'il ferait franchir le Rubicon à son armée, pousserait jusqu'à Rome et accepterait la couronne de César.

« Imbécile, me dit ma femme ce matin-là. Si la Sibylle était aussi sage que tu le dis, elle aurait prévu cet assassinat.

— Peut-être l'a-t-elle prévu, justement, répliquai-je.

— Je ne crois pas à ses pouvoirs », insista Xantippe avec son rictus familier, si repoussant. Mon épouse appartient — je devrais dire *appartenait* — à une classe sociale supérieure à la mienne et ne me le laissait jamais ignorer. « C'est vous, les prêtres, qui fabriquez ces textes de toutes pièces ; et vous vous exprimez de manière tellement vague qu'on peut en donner n'importe quelle interprétation. Vous roulez les citoyens, et en particulier les gens aisés. » Elle entendait par là sa propre famille.

Je quittai brusquement la table du petit déjeuner et dis avec fougue : « Elle est inspirée ; c'est une prophétesse — elle connaît l'avenir. D'évidence, il n'y avait aucun moyen d'éviter l'assassinat de notre illustre guide, que le peuple aimait tant.

— La Sibylle est une mystificatrice », dit ma femme, qui, avec sa gourmandise habituelle, entreprit de se beurrer un autre petit pain.

« J'ai vu les livres suprêmes et...

— Et *comment* connaît-elle l'avenir, s'il te plaît ? » demanda encore ma femme.

Là je dus avouer mon ignorance ; j'étais tout

déconfit — moi, prêtre de Cumes, serviteur de l'État romain. Je me sentais humilié.

« C'est une escroquerie », conclut mon épouse alors que je me dirigeais à grands pas vers la porte.

Quoique ce fût à peine l'aube — la belle Aurore, déesse du petit matin, déversait sur le monde la lumière que nous tenons pour sacrée et dont sont issues tant de nos visions inspirées —, je partis à pied vers le temple ravissant où j'officie.

Personne n'était encore arrivé hormis les gardes en armes allant et venant devant l'entrée ; ils eurent l'air surpris de me voir si matinal puis me saluèrent d'un signe de tête. Nul, hormis les prêtres reconnus de Cumes, n'est autorisé à pénétrer dans le temple ; César en personne doit s'en remettre à nous.

J'entrai et passai devant la vaste abside voûtée emplie de vapeurs où le grand trône en pierre de la Sibylle luisait d'humidité dans la pénombre ; seules quelques maigres torches avaient été allumées...

Je me figeai, muet : je voyais une chose qui ne m'avait encore jamais été dévoilée. Bras couverts et longs cheveux noirs emprisonnés dans un chignon serré, la Sibylle trônait, penchée en avant — et je vis alors qu'elle n'était pas seule.

Deux êtres se tenaient devant elle dans une bulle ronde. Ils ressemblaient à des hommes mais avec... quelque chose de plus. Maintenant encore je suis incapable de dire quoi, mais en tout cas, ce n'étaient pas des mortels. C'étaient des dieux. À la place des yeux, ils avaient des fentes sans pupille.

En guise de mains, des pinces de crabe. Leur bouche n'était qu'un trou et je me rendis compte que — les dieux nous en préservent — ils étaient muets. Ils semblaient s'adresser à la Sibylle mais par l'intermédiaire d'un long fil pourvu d'une boîte à chaque extrémité. L'une des créatures tenait la boîte contre sa tempe et la Sibylle écoutait de son côté sa boîte à elle, qui portait des chiffres et des boutons ; le fil, enroulé ou entassé, montrait bien qu'on pouvait l'étirer.

C'étaient les Immortels. Pourtant, nous, Romains et mortels, croyions les Immortels partis depuis longtemps dans un autre monde. C'est ce qu'on nous avait appris. Mais manifestement, ils étaient revenus — fût-ce pour un bref instant — confier des informations à la Sibylle.

Cette dernière se tourna vers moi et — j'ai encore du mal à le croire — sa tête traversa l'espace vaporeux jusqu'à se trouver tout près de la mienne. Elle souriait, mais elle m'avait découvert. Je pouvais à présent entendre la conversation entre elle et les Immortels ; elle eut la bonté de me la rendre audible.

« ... un parmi tant d'autres, disait le plus grand des deux Immortels. D'autres suivront, mais pas avant quelque temps. L'obscurantisme s'annonce, après cet âge d'or.

— N'y a-t-il pas moyen d'empêcher cela ? s'enquit la Sibylle de sa voix mélodieuse, cette voix que nous chérissons tant.

— Auguste régnera dans la paix et l'abondance, répondit l'Immortel, mais après lui viendront des hommes exécrables qui ne seront pas sains d'esprit. »

L'autre Immortel ajouta : « Vous devez comprendre qu'une nouvelle croyance va surgir autour d'un Être de Lumière. Son culte prendra de l'ampleur, mais les textes authentiques seront cryptés, les véritables messages perdus. Nous prévoyons l'échec de sa mission ; il sera torturé et assassiné comme Julius. Et après cela...

— Longtemps après cela, reprit son compagnon, une fois de plus la civilisation sortira de l'ignorance, au bout de deux mille ans, puis... »

La Sibylle s'étrangla : « Si longtemps, Pères ?

— Oui. Alors *ils* remettront les choses en question, ils chercheront leurs véritables origines, leur divinité, et les meurtres reprendront, la répression, la cruauté ; une autre ère de ténèbres s'inaugurera.

— Cela pourrait être évité, dit l'autre Immortel.

— Puis-je être d'un quelconque secours ? » demanda la Sibylle.

Doucement, les deux Immortels répondirent : « D'ici là vous serez morte.

— Il n'y aura pas d'autre sibylle à ma place ?

— Non. Dans deux mille ans, personne ne montera la garde auprès de la République. Des hommes répugnants aux idées étriquées détaleront deci, de-là en grattant la terre comme des rats ; les empreintes de leurs pas s'entrecroiseront à la surface du monde tandis qu'ils courront après le pouvoir et se battront entre eux pour des honneurs factices. » À la Sibylle les deux Immortels dirent : « Alors tu ne pourras aider le peuple. »

Tout à coup, ils se volatilisèrent, ainsi que leurs rouleaux de ficelle et les boîtes à chiffres qui parlaient et auxquelles on parlait, comme par la seule puissance de l'esprit. La Sibylle resta un moment immobile, puis leva les mains de façon qu'une feuille vierge se soulève et vienne vers elle afin qu'elle y écrive — selon l'artifice que nous ont enseigné les Égyptiens. Mais ensuite elle fit une chose curieuse, et c'est cela que je vais vous narrer dans la plus grande frayeur.

Elle passa la main dans les plis de sa toge, et en tira un Œil qu'elle plaça au milieu de son front ; or il n'était pas comme les nôtres, pourvu d'une pupille, mais pareil à l'œil fendu des Immortels — sans être tout à fait le même. Il était strié de bandes obliques qui allaient à la rencontre les unes des autres comme des rangées de... je n'ai pas de mots pour décrire cela, n'étant qu'un prêtre de par ma formation et mon rang ; toujours est-il qu'alors, la Sibylle se tourna bel et bien vers moi, regarda *au-delà* de moi grâce audit œil, et poussa alors un cri si sonore qu'il ébranla les murs du temple ; des pierres tombèrent et dans les fissures du roc, tout au fond, les serpents sifflèrent. C'était un cri de consternation et d'horreur devant le spectacle qui lui apparaissait *au-delà* de moi ; cependant, cet étrange troisième œil demeura et elle continua d'observer.

Puis elle bascula en avant. Évanouie ? Je me précipitai afin de lui tendre une main secourable ; je touchai la Sibylle — mon amie, l'admirable amie de la République — au moment où elle tombait tant sa détresse était grande face à ce qu'elle avait vu dans les tunnels et les corridors du temps. Car c'était par cet œil que la Sibylle voyait ce qu'elle devait voir, pour nous instruire et nous prévenir. Et il m'apparut qu'elle voyait parfois des choses trop affreuses. Elle ne pouvait les supporter et de notre côté, quels que fussent nos efforts, nous étions incapables de nous en dépêtrer.

Pendant que je soutenais la Sibylle, une chose étrange se produisit. Je vis, au milieu des volutes de vapeur, des formes se dessiner.

« Tu ne dois pas les considérer comme réelles », dit la Sibylle ; j'entendais, je comprenais ce qu'elle me disait ; pourtant, je savais que ces formes étaient bel et bien réelles. Je vis un grand navire sans voiles ni rames... Une cité composée de bâtiments hauts et minces, encombrée de véhicules tels que je n'en avais jamais vu. Nous continuions à nous rapprocher ; finalement les formes sont passées derrière moi, sans cesser de tourbillonner, me coupant de la Sibylle. « Je vois tout ceci par l'Œil de la Gorgone, me lança-t-elle. L'Œil que la Méduse faisait circuler, l'œil des Parques — tu es tombé dans... » Sur quoi sa voix s'est tue.

Je jouais dans l'herbe avec un chiot tout en m'interrogeant sur une bouteille de Coca-Cola cassée, laissée dans notre jardin je ne savais par qui.

« Philip, rentre dîner ! » cria ma grand-mère depuis la terrasse. Je vis que le soleil se couchait.

« J'arrive ! » Mais je continuai à jouer. J'avais trouvé une grande toile d'araignée où était entortillée une abeille que cette dernière avait piquée. J'entrepris de la dégager, et elle me piqua à son tour.

Dans mon souvenir suivant, je lis les pages de bandes dessinées dans la *Berkeley Daily Gazette*. Les aventures de Brick Bradford découvrant une civilisation oubliée qui survivait depuis des milliers d'années.

« Hé, m'man, dis-je à ma mère. Regarde ça ; c'est drôlement chouette. Il y a des routes pavées qui descendent le long de cette corniche, là, et en bas... » J'étais comme hypnotisé par les casques antiques de ces gens et un étrange sentiment m'envahissait ; je ne comprenais pas pourquoi.

« Ça, on peut dire que ça lui plaît, les bandes dessinées, dit ma grand-mère d'un ton dégoûté. Il devrait tout de même lire autre chose. Ces illustrés, ce sont des bêtises. »

Ensuite je me vois à l'école ; je regarde une fille danser. Elle s'appelle Jill et elle est dans la classe au-dessus, en cours moyen deuxième année ; elle est déguisée en danseuse du ventre et un voile couvre le bas de son visage. Mais j'aperçois de beaux yeux au regard doux, empreint de sagesse. Ils me rappellent d'autres yeux perdus dans un lointain passé... mais les enfants n'ont *pas* de lointain passé ! Quelque temps après, Mrs. Redman nous a fait faire une rédaction, et j'ai choisi Jill comme sujet. J'ai évoqué d'étranges contrées où vivait Jill, et où elle dansait torse nu. Plus tard, Mrs. Redman a appelé ma mère au téléphone et j'ai eu droit à une obscure avoinée où il était question de soutien-gorge ou je ne sais quoi. Je n'ai rien compris ; il y avait beaucoup de choses que je ne comprenais pas à l'époque. J'avais des souvenirs sans rapport avec Berkeley, où j'avais grandi, ni avec l'école de Hillside, ma famille ou la maison que nous habitions... Non, ils étaient liés aux serpents. À présent, je sais pourquoi je rêvais de serpents : ils étaient sages ; ce n'étaient pas de méchants serpents. Au contraire, ils susurraient des paroles pleines de sagesse.

Quoi qu'il en soit, ma rédaction fut jugée très bonne par le directeur de l'école, Mr. Bill Gaines, une fois que j'eus rajouté que Jill portait quelque chose au-dessus de la taille en toutes circonstances, et plus tard je décidai de devenir écrivain.

Une nuit, je fis un rêve bizarre. Je devais être en troisième ; l'année suivante, je serais inscrit au lycée de Berkeley. Je rêvai qu'au cœur de la nuit — c'était comme dans un rêve normal : *vraiment* réel — je voyais un être venu de l'espace derrière un hublot de... de satellite ; en tout cas, c'était à bord de ce véhicule qu'ils étaient arrivés. Il ne pouvait pas parler ; il se contentait de me regarder avec de drôles d'yeux.

Quinze jours plus tard, je dus remplir un questionnaire où on me demandait notamment ce que je voulais faire quand je serais grand ; je repensai à mon rêve, à l'homme venu d'un autre univers, et j'inscrivis : JE SERAI ÉCRIVAIN DE SCIENCE-FICTION.

Cela mit ma famille en colère mais, voyez-vous, plus ils se fâchaient plus je m'entêtais. De toute façon, ma petite amie, Ysabel Lomax, me dit que je n'étais pas doué pour ça, que la science-fiction, c'était idiot, et qu'il n'y avait que les boutonneux pour en lire. Cela emporta ma décision : il fallait bien quelqu'un qui écrive pour les boutonneux ; c'est injuste de n'écrire que pour les gens au teint impeccable. Or, en Amérique, tout est fondé sur l'équité ; c'est ce que Mr. Gaines nous enseignait en cours moyen, et comme il avait su réparer ma montre alors que tout le monde s'avouait vaincu, j'avais tendance à l'admirer.

Au lycée ça n'a pas marché parce que je passais mes journées à écrire ; les professeurs hurlaient et me traitaient de communiste parce que je ne faisais pas ce qu'on me disait.

« Ah ouais ? » répondais-je. Ce qui me valut d'être envoyé chez le doyen. Il me passa un savon, bien pire que mon grand-père, et me prévint que si je n'obtenais pas de meilleures notes, je serais renvoyé.

Cette nuit-là, je fis un autre rêve frappant. Cette fois, je roulais en voiture au côté d'une femme qui tenait le volant, sauf que ce n'était pas une voiture mais un antique chariot de style romain. Elle chantait.

Le lendemain, quand j'allai voir Mr. Erlaud, le doyen, j'écrivis sur son tableau noir, en latin :

UBI PECUNIA REGNAT

Quand il entra, il devint tout rouge ; il enseignait le latin, il savait que cela signifiait : « Là où l'argent est roi. »

« C'est digne d'un contestataire gauchiste », me dit-il.

Alors, pendant qu'il examinait mes devoirs, j'écrivis :

UBI CUNNUS REGNAT

Cela parut le laisser perplexe. « Où... as-tu appris ce mot latin ? demanda-t-il.

— Je ne sais pas. » Je n'en étais pas certain, mais il me semblait bien que, dans mes rêves, on me parlait latin. Mais peut-être mon cerveau me rediffusait-il des fragments de cours d'initiation au latin. J'étais très bon dans cette matière, ce qui était surprenant car je n'apprenais guère mes leçons.

Le rêve suivant, aussi évocateur, survint deux nuits avant que le monstre — ou *les* monstres — n'assassine le président Kennedy. Je vis toute la scène se dérouler, *deux nuits à l'avance*, mais surtout, et ce fut encore plus marquant, je vis ma petite amie Ysabel regarder les conspirateurs accomplir leur forfait, et elle avait un troisième œil.

Par la suite ma famille m'envoya chez un psychiatre, car après l'assassinat du président je devins très bizarre. Je passais mon temps à broyer du noir, replié sur moi-même.

C'était une femme très sympa, une certaine Carol Heims. Elle était très jolie et ne me déclara pas cinglé ; selon elle, je devais prendre mes distances par rapport à ma famille, abandonner mes études — elle disait que le système scolaire vous isole de la réalité et vous empêche d'apprendre à faire face aux situations réelles — et écrire de la science-fiction.

Ce que je fis. Je travaillai chez un marchand de télés ; je balayais, je déballais les postes neufs. Mais je n'arrêtais pas de me dire que chacun était un gros œil et cela me troublait. Je racontai à Carol Heims les rêves que j'avais faits toute ma vie, à propos des êtres venus de l'espace qui s'exprimaient en latin. J'ajoutai que j'avais dû en faire beaucoup d'autres, mais que je ne m'en souvenais pas au réveil.

« On ne sait pas très bien ce qu'est le rêve », me répondit Miss Heims. Moi, je me demandais comment elle serait en danseuse du ventre, torse nu ; ainsi, la séance passait plus vite. « Une hypothèse récente prétend qu'il est lié à l'inconscient collectif, lequel remonte peut-être à des milliers d'années... On entrerait en contact avec lui en rêve. Dans ce cas, le rêve serait fondé, voire précieux. »

Je l'imaginais se déhanchant de manière suggestive, mais cela ne m'empêchait pas d'écouter ce qu'elle disait ; il y avait quelque chose dans la sage douceur de ses yeux qui... Je ne sais pas pourquoi, mais je repensais toujours aux serpents de sagesse.

« J'ai rêvé de livres, lui dis-je. De livres ouverts, tenus devant moi. De gros livres de très grande valeur. Voire sacrés, comme la Bible.

— C'est en rapport avec votre carrière d'écrivain, dit Miss Heims.

— Ces livres-ci sont anciens. Ils ont des milliers

d'années. Et ils nous mettent en garde. Contre un meurtre affreux, un grand nombre de meurtres. On y voit des flics mettant des gens en prison à cause de leurs idées, mais *secrètement* — en les faisant tomber dans des pièges. Et je vois sans cesse une femme qui vous ressemble, mais qui siège sur un grand trône de pierre. »

Par la suite, Miss Heims fut transférée dans une autre ville du comté et je ne pus plus aller la voir. Je me sentais vraiment mal ; je me réfugiai dans l'écriture. Je vendis à un magazine baptisé *Envigorating Science Facts* une nouvelle à base de races supérieures qui, ayant secrètement envahi la Terre, dirigeaient nos affaires en douce. Elle ne m'a jamais été payée.

À présent je suis vieux, et si je me risque à raconter tout ceci c'est que je n'ai rien à perdre. Un jour, on m'a demandé un court article pour *Love-Planet Adventure Yarns* ; on me donnait une trame qu'on voulait me voir développer ainsi qu'une photo noir et blanc de la couverture. Je ne pouvais détacher mes yeux de cette illustration ; elle représentait un Romain ou un Grec — en tout cas un individu en toge — qui portait au poignet un caducée, symbole de la médecine : deux serpents enlacés (en fait, à l'origine, c'étaient deux rameaux d'olivier).

« Comment sais-tu que ça s'appelle un caducée ? » me demanda Ysabel (nous vivions désormais ensemble ; elle me demandait tout le temps de gagner plus et d'être comme sa famille à elle, chic et aisée).

« Je ne sais pas », répondis-je. Je me sentis tout

drôle, brusquement. Puis je commençai à percevoir une activité phosphénique frénétique et colorée rappelant les œuvres modernes abstraites de Klee, entre autres — les couleurs étaient vives, et elles se succédaient par flashes très rapides. « Quel jour on est ? » criai-je à Ysabel, qui se séchait les cheveux en lisant le *Harvard Lampoon*.

« La date ? On est le 16 mars.

— De quelle *année* ! hurlai-je. Pulchra puella, tempus... » Puis je m'interrompis car elle me regardait en ouvrant de grands yeux. Pis que tout, je ne me rappelais ni son nom ni ce qu'elle faisait là.

« On est en 1974, répondit-elle.

— Alors, si on est seulement en 1974, la tyrannie est encore au pouvoir.

— Quoi ? » fit-elle, stupéfaite et me dévisageant. D'un seul coup apparurent de part et d'autre d'Ysabel deux êtres encapsulés dans leurs vaisseaux intersystèmes, deux globes qui restaient suspendus dans l'air et où étaient maintenues une atmosphère et une température artificielles. « Ne faites plus une seule déclaration devant elle, me mit en garde l'un d'eux. Nous allons effacer sa mémoire ; elle croira s'être endormie et avoir rêvé.

— Je me souviens », dis-je en me prenant la tête à deux mains. L'anamnèse avait eu lieu ; je me rappelais ; je venais de l'Antiquité, et avant cela d'Albemuth, comme les deux Immortels. « Pourquoi êtes-vous revenus ? dis-je. Est-ce pour...

— Nous n'œuvrons que par l'entremise de mortels ordinaires, déclara J'Annis, le plus sage des deux Immortels. Il n'y a plus de Sibylle pour aider, conseiller la République. C'est dans les rêves qu'ici et là nous incitons les gens à s'éveiller ; ils commencent à comprendre que nous payons à leur place le prix de la Libération afin qu'ils soient délivrés du Menteur qui les gouverne.

— Ils n'ont pas conscience de votre existence ? demandai-je.

— Ils s'en doutent. Ils voient dans le ciel des hologrammes de nous que nous projetons pour les égarer ; ils imaginent que nous flottons quelque part par là-bas. »

J'ai su alors que ces Immortels résidaient dans les esprits, et non dans les cieux de la Terre, qu'en détournant notre attention vers le *dehors*, ils étaient à nouveau en mesure de nous aider *en dedans*, comme ils l'avaient toujours fait : dans notre Monde intérieur.

« Nous amènerons le printemps à ce monde d'hiver, dit F'fr'am en souriant. Nous ouvrirons les portes renfermant les peuples qui ploient sous le fardeau de la tyrannie — cette tyrannie qu'ils ne perçoivent qu'obscurément. Et vous, l'avez-vous bien perçue ? Étiez-vous au courant des allées et venues de la police secrète, de ces brigades paramilitaires qui ont anéanti la liberté d'expression et tous les dissidents ? »

Voici donc que, dans mon grand âge, j'expose ces faits à votre intention, amis romains, ici même, à Cumes, où réside la Sibylle. J'ai fait une incursion, que ce soit par accident ou bien à dessein, dans l'avenir lointain, un monde de tyrannie et d'hiver que vous ne pouvez imaginer. Et j'ai vu les Immortels qui nous assistent assister aussi ce peuple-là, à deux mille ans d'ici ! Encore que les mortels du futur soient... écoutez bien ! *Aveugles*. La vue leur a été ôtée par mille ans de répression ; ils ont été martyrisés, contraints comme nous contraignons les bêtes de somme. Cependant, les Immortels les éveillent — les *éveilleront*, devrais-je dire — à temps pour les sauver. Alors s'achèveront ces deux mille ans d'hiver ; les mortels rouvriront les yeux sous l'effet de rêves, de secrètes inspirations ; ils sauront... mais je vous ai déjà dit tout cela, dans mes divagations de vieillard.

Je conclurai par quelques vers de notre grand Virgile, ami de la Sibylle, grâce auxquels vous saurez ce qui nous attend, car la Sibylle a déclaré que s'ils ne concernent pas notre Rome, ils s'appliquent aux mortels qui vivront dans deux mille ans et leur apporteront une promesse de soulagement :

Ultima Cumaei venit iam carminis aetas ;
magnus ab integro saeclorum nascitur ordo.
Iam redit et Virgo, redeunt Saturnia regna ;
iam nova progenies, caelo demittitur alto.
Tu modo nascenti puero, quo ferrea primum
desinet, ac toto surget gens aurea mundo,
casta fave Lucina ; tuus iam regnat Apollo[1].

Je vais transposer cela dans une étrange langue apprise lors de mon séjour dans l'avenir, avant que

1. *Bucoliques*, IV. *(N.d.T.)*

les Immortels et la Sibylle ne me ramènent ici, une fois que mon œuvre là-bas a été accomplie :

Enfin l'Ultime Moment annoncé par la Sibylle arrivera :
La procession des ères retourne à son origine.
La Vierge revient et Saturne règne comme avant ;
Une race nouvelle descend du plus haut des cieux.
Déesse de la naissance, souris à l'enfant nouveau-né,
Qui verra en son temps la Prison de Fer tomber en ruine
Et une race dorée s'élever en tous lieux.
Apollon, le juste roi, est rendu à son trône.

Hélas, vous, mes chers amis romains, ne verrez point cela de votre vivant. Mais tout au bout des corridors du temps, aux États-Unis (j'use ici de mots qui vous sont étrangers), le mal connaîtra la chute et cette petite prophétie de Virgile, inspirée par la Sibylle, deviendra réalité. Le printemps renaît !

Le jour où Monsieur Ordinateur perdit les pédales

Titre original :

THE DAY MR. COMPUTER FELL OUT OF ITS TREE

paru dans The Little Black Box, *vol. 5 de*
The Collected Stories of Philip K. Dick,
Underwood/Miller, 1987
(écrit en été 1977).

En s'éveillant, il sut aussitôt qu'il s'était passé quelque chose d'épouvantable. *Oh mon Dieu*, se dit-il en se rendant compte que Monsieur Lit l'avait déposé en tas contre le mur. *Ça recommence. Et le directorat Ouest qui nous promettait l'infinie perfection. Voilà ce qu'on récolte*, songea-t-il, *quand on croit aux fariboles des simples humains.*

Il se dégagea comme il put de ses draps entortillés, se leva en chancelant et se dirigea vers Monsieur Placard.

« Je voudrais un élégant costume croisé, gris, avec doubles revers, l'informa-t-il d'un ton cassant par l'intermédiaire du micro de la porte. Une chemise rouge, des chaussettes bleues et... » Mais peine perdue. Déjà l'ouverture vibrait tandis qu'en sortait une immense culotte bouffante en soie pour dame.

« C'est comme ça et pas autrement », fit la voix caverneuse et métallique de Monsieur Placard

Maussade, Joe Craignos enfila la culotte. C'était mieux que rien — il n'oubliait pas ce Funeste Jour d'Août où le vaste ordinateur polyencéphalique du Queens avait distribué un mouchoir pour seul vêtement aux habitants de la Grande Amérique.

Joe Craignos alla se débarbouiller dans la salle de bains... et s'aperçut que le liquide dont il s'aspergeait était en fait de la limonade tiède. *Bon Dieu*, se dit-il. *Monsieur Ordinateur est plus cinglé que jamais. Il a dû lire les vieilles histoires de science-fiction de Phil Dick*, conclut-il. *Voilà ce qui arrive, à force de lui faire avaler ces saloperies archaïques.*

Il acheva de se peigner — sans utiliser la limonade — puis, s'étant séché, alla à la cuisine voir si Madame Cafetière, au moins, demeurait un fragment de réel encore sain dans la réalité qui se détériorait autour de lui.

Pas de chance. Madame Cafetière lui présenta obligeamment un gobelet de savon. Tant pis.

Le vrai problème, toutefois, survint quand il essaya d'ouvrir Madame Porte. Car elle refusa de céder ; au lieu de cela, elle se plaignit d'une voix métallique : « Les sentiers de la gloire ne mènent qu'au tombeau.

— Ce qui veut dire ? » demanda Joe en sentant la moutarde lui monter au nez. Ces bizarreries ne le faisaient plus rire. D'ailleurs, elles ne l'avaient *jamais* fait rire — sauf peut-être le jour où Monsieur Ordinateur lui avait servi du faisan rôti au petit déjeuner.

« Ce qui veut dire, déclara Madame Porte, que tu perds ton temps, connard. Pas question que t'ailles au bureau aujourd'hui. »

Cela se confirma. La porte refusa obstinément de s'ouvrir ; en dépit de tous les efforts déployés par Joe Craignos, le mécanisme, qui était contrôlé à des kilomètres de là par la matrice polyencéphalique principale, refusa de bouger.

Petit déjeuner, alors ? Joe Craignos enfonça quelques boutons sur le module de contrôle de Madame Nourriture — et hérita d'une assiettée d'engrais.

Sur quoi il décrocha le téléphone et s'attaqua violemment aux numéros de la police locale.

« Dessins Animés, Inc., annonça le visage qui s'afficha sur le vidécran. Demandez une version animée de vos pratiques sexuelles, livrée sous huitaine avec de SENSATIONNELS EFFETS SONORES ! »

Et merde, se dit Joe Craignos, qui raccrocha.

Dès le départ, en 1982, on avait eu une très mauvaise idée en reliant tous les appareils à une source centrale. Évidemment, le concept de base semblait bon : maintenant que la couche d'ozone était entièrement détruite, trop de gens se comportaient de façon irrationnelle ; il était devenu indispensable de résoudre le problème par l'électronique, insensible au rayonnement ultraviolet qui submergeait la Terre et réduisait les cerveaux en compote. À l'époque, on avait cru trouver la solution en la personne de Monsieur Ordinateur.

Malheureusement, ce dernier avait reçu de ses concepteurs humains à la cervelle cramée une trop grande quantité de données aberrantes ; par conséquent, comme eux, il avait des épisodes psychotiques.

Il existait une parade, bien sûr. Elle avait été élaborée à la va-vite — ajoutée comme une pièce rapportée, pour ainsi dire, une fois le problème constaté. Le chef de la Santé mentale mondiale, une formidable vieille virago nommée Joan Simpson, s'était vu doter d'une forme d'immortalité afin de pouvoir en toute circonstance traiter Monsieur Ordinateur pendant ses crises de folie. Miss Simpson était entreposée au centre de la Terre dans une chambre spéciale doublée de plomb, à l'abri des radiations nocives, dans un caisson d'animation quasi suspendue baptisé Sombrelieu, à l'intérieur duquel Miss Simpson (à ce qu'on disait) gisait assoupie, divertie par une infinie succession d'inestimables feuilletons radio datant des années quarante diffusés en boucle. Miss Simpson, disait-on encore, était la seule personne véritablement saine d'esprit à la surface — ou plutôt à l'intérieur — de la Terre ; ce fait, ajouté à sa grande compétence et à son infinie expérience du traitement des constructions psychotiques, constituait l'unique espoir de survie de la planète.

À cette idée, Joe Craignos se sentit un peu mieux, mais un peu seulement : il venait de ramasser Monsieur Journal par terre devant sa porte d'entrée. Le gros titre annonçait :

ADOLF HITLER COURONNÉ PAPE
À LA PLUS GRANDE JOIE DE FOULES
SANS NOMBRE

Pas mieux côté Monsieur Journal, songea Joe, qui le jeta dans Monsieur Vide-Ordures. L'appareil se mit à tourner puis, au lieu d'ingérer ou de compresser le journal, le recracha. Joe aperçut à nouveau le gros titre avec, au-dessous, la photo d'un squelette humain moustachu, vêtu de l'uniforme nazi et coiffé de la grande couronne papale. Il s'installa sur le divan du salon pour attendre (ce ne serait sûrement pas long) que Miss Simpson soit réveillée dans son Sombrelieu pour administrer ses soins à Monsieur Ordinateur et, ce faisant, réintroduire un peu de santé mentale dans le monde.

Fred Lintello déclara en aparté : « Il est bien psychotique. Je lui ai demandé s'il savait où il était, et il a répondu : à bord d'un radeau flottant sur le Mississippi. Obtenez-moi confirmation ; demandez-lui *qui* il est. »

Le Dr. Pacemaker effleura les boutons d'interrogation sur la console du grand ordinateur. QUI ÊTES-VOUS ?

La réponse apparut aussitôt sur le vidécran.

TOM SAWYER

« Vous voyez ? fit Lintello. Il est totalement déconnecté de la réalité. La réactivation de Miss Simpson a-t-elle commencé ?

— Affirmatif, Lintello », répondit Pacemaker. Et comme pour confirmer ses dires, la porte coulissa, révélant le caisson plombé où dormait Miss Simpson, bercée par son feuilleton préféré : « Ma Perkins. »

« Miss Simpson, dit Pacemaker en se penchant sur elle. Nous avons de nouveau un problème avec Monsieur Ordinateur. Il a complètement disjoncté. Il y a une heure, il a orienté tous les *whipples* de New York vers le même carrefour. Les pertes en vies humaines sont très lourdes. Et au lieu de réagir au désastre en dépêchant des secours, les pompiers, la police, il a envoyé sur place une troupe de clowns de cirque.

— Je vois », fit la voix de Miss Simpson par le système de transduction/amplification qui lui permettait de communiquer avec eux. « Mais d'abord, je dois m'occuper d'un incendie à la scierie de Ma Perkins. Voyez-vous, son ami Traîne-savates...

— Miss Simpson, reprit Pacemaker, la situation est grave. Nous avons besoin de vous. Sortez de vos vapes habituelles et mettez-vous au travail, rendez sa santé mentale à Monsieur Ordinateur. Ensuite vous pourrez retourner à vos feuilletons radio. »

Il la contempla et fut comme toujours saisi par sa beauté quasi surnaturelle. Ces grands yeux noirs aux longs cils, cette voix rauque, sensuelle, ces cheveux d'un noir profond coupés court (style très à la mode dans ce monde de clinquant généralisé), cette silhouette ferme et souple, cette bouche ardente évoquant amour et réconfort... *Stupéfiant*, songea-t-il, *que le dernier être humain réellement sain d'esprit sur terre (et le seul qui soit capable de la sauver) soit en même temps d'une telle beauté.*

Enfin, peu importait ; l'heure n'était pas à de telles pensées. Le journal télévisé de N.B.C. rapportait que Monsieur Ordinateur avait fermé tous les aéroports du monde pour les transformer en stades de base-ball.

Miss Simpson s'absorba dans un résumé émanant de diverses sources et esquissant les instructions erratiques émises par Monsieur Ordinateur.

« Il est manifestement en pleine régression », les informa-t-elle, sirotant une tasse de café d'un air absent.

« Miss Simpson, dit Lintello, j'ai bien peur que vous ne soyez en train de boire de l'eau savonneuse.

— Vous avez raison, dit Miss Simpson en reposant la tasse. Je constate que Monsieur Ordinateur commet des farces puériles au détriment de l'humanité entière. Ça colle avec mon hypothèse hypostasiée.

— Comment allez-vous ramener cette immense structure à la normale ? demanda Pacemaker.

— Apparemment, il a rencontré une situation traumatique qui a provoqué la régression, répondit Miss Simpson. Je vais donc repérer le trauma, puis procéder à sa désensibilisation. Mon *modus operandi* consistera en l'occurrence à lui présenter tour à tour toutes les lettres de l'alphabet puis à jauger ses réactions jusqu'à percevoir ce que nous, membres du mouvement pour la santé mentale, appelons réaction de recul. »

Elle s'exécuta. À la lettre J, Monsieur Ordinateur émit un petit couinement ; des volutes de fumée s'en échappèrent. Miss Simpson répéta la séquence de lettres. Cette fois, le petit couinement et les volutes de fumée survinrent à la lettre C.

« J.-C., dit Miss Simpson. Cela signifie peut-être Jésus-Christ. Peut-être est-il revenu parmi nous, auquel cas Monsieur Ordinateur craint d'être relégué au second rang. Je vais me fonder sur cette hypothèse. Faites-le placer en semi-coma afin qu'il puisse associer librement. »

Des techniciens se précipitèrent.

Les marmonnements quasi inconscients du grand ordinateur tombèrent des canaux audio aboutissant à la salle de contrôle.

« ... qui programme sa propre mort, radotait l'ordinateur. Un type bien, pourtant. Analyse d'A.D.N. contrôleur. Demande non un sursis mais une accélération du processus mortifère. Les saumons remontent le courant pour aller mourir... Ça lui plaît, cette idée... après tout ce que j'ai fait pour lui. Rejet de la vie. Et conscient, avec ça. Veut mourir. Je ne peux pas supporter la mort délibérée, la reprogrammation à 180 degrés par rapport à l'objectif matriciel inclus dans la programmation de l'A.D.N. contrôleur... » Il ne cessait de battre la campagne.

Miss Simpson s'enquit brusquement : « Quel nom vous vient, Monsieur Ordinateur ? Un nom !

— Vendeur dans un magasin de disques, marmotta l'ordinateur. Une véritable autorité en matière de lieder et de bubblegum rock des sixties. Quel gâchis. Mon Dieu, comme l'eau est chaude. Je crois que je vais aller pêcher. Lancer le bouchon et attraper un gros poisson-chat. C'est Huck qui va être surpris ! Et Jim, donc ! Jim est un homme, même si...

— Un nom ! » répéta Miss Simpson.

Le vague marmonnement se poursuivit.

Miss Simpson lança à Lintello et Pacemaker, qui attendaient, raides et attentifs : « Trouvez un vendeur de disques dont les initiales sont J.C., spécialiste de lieder et de bubblegum rock des sixties. Vite ! *Nous n'avons pas beaucoup de temps !* »

Ayant quitté son conapt par une fenêtre, Joe Craignos se fraya un chemin au milieu des *whipples* accidentés et des chauffeurs furieux pour rallier Artistic Music Company, le magasin de disques où il avait travaillé la majeure partie de sa vie. Au moins, il était sorti de...

Soudain, deux policiers en gris se matérialisèrent devant lui, l'air sévère ; ils braquaient des frappeurs sur sa poitrine. « Suivez-nous », dirent-ils, pratiquement à l'unisson.

Une vive envie de prendre ses jambes à son cou s'empara de Joe ; il tourna les talons et fit mine de s'éloigner. Mais une violente douleur l'envahit ; les policiers l'avaient « frappé » ; il tomba. Trop tard pour fuir. Il était prisonnier des autorités. *Mais pourquoi ?* se demanda-t-il. *Simple coup de filet au hasard ? Répression d'un coup d'État avorté contre le gouvernement ? Ou alors...* Son esprit affaibli fonctionnait à toute allure. *Les E.T.I. sont-ils enfin venus nous assister dans notre combat pour la liberté ?* Puis les ténèbres, les miséricordieuses ténèbres, se refermèrent sur lui.

La première chose dont il eut conscience en reprenant connaissance fut de recevoir une tasse d'eau savonneuse des mains de deux représentants de la classe « technocrate » ; un policier armé se prélassait à l'arrière-plan, prêt à frapper.

Dans un angle était assise une femme brune extraordinairement belle en minijupe et bottines ; une tenue passée de mode, mais réellement sexy ! Elle avait de grands yeux sensuels. Il n'en avait jamais vu de tels. Qui était-ce donc ? Et... que lui voulait-elle ? Pourquoi l'avait-on amené devant elle ?

« Votre nom, dit un des technocrates en blanc.

— Craignos », parvint-il à dire, incapable de détacher son regard de cette jeune femme si belle.

« Vous avez rendez-vous chez A.D.N. Réévaluation, déclara d'une voix cassante l'autre technocrate. Dans quel but ? Quel ukase émanant de votre pool génétique avez-vous l'intention — *aviez*-vous l'intention, devrais-je dire — de modifier ? »

Joe répondit gauchement : « Je... voulais être reprogrammé pour... enfin, pour vivre plus longtemps. L'encodage de ma mort était sur le point de s'actualiser et...

— Nous savons que ce n'est pas vrai », dit la charmante brune d'une voix rauque, sexy, mais néanmoins empreinte d'intelligence et d'autorité.

« C'était une tentative de suicide, n'est-ce pas, Monsieur Craignos ? Vous vouliez faire bricoler votre codage A.D.N. non pour retarder votre mort mais pour la *provoquer.* »

Joe ne dit rien. Manifestement, ils savaient.

« POURQUOI ? jeta-t-elle.

— Euh... » Il hésita. Puis, vaincu, il parvint à énoncer : « Je ne suis pas marié. Je n'ai que mon boulot au magasin de disques. Toutes ces chansons allemandes, ces paroles de bubblegum rock... elles me trottent dans la tête nuit et jour ; Goethe, Heine et Neil Diamond se mélangent sans cesse. » Relevant la tête, il lança d'un air de défi ombrageux : « Alors pourquoi continuer à vivre ? Ce n'est pas une vie. Tout juste une existence. »

Il y eut un silence.

Trois grenouilles traversèrent la pièce à petits bonds. Voilà que Monsieur Ordinateur faisait sortir des grenouilles de tous les conduits d'aération sur Terre. Une demi-heure plus tôt, c'était des chats morts.

« Vous ne savez pas ce que c'est, reprit calmement Joe, que d'avoir constamment dans la tête des paroles du genre “La chanson que je t'ai chantée/L'amour que je t'ai porté”. »

La belle jeune femme aux cheveux noirs répliqua : « Je crois que si, Craignos. Car voyez-vous, je suis Joan Simpson.

— Mais alors... » Joe saisit instantanément. « Vous êtes là-bas, au centre de la Terre, à regarder d'interminables feuilletons en boucle !

— Pas à *regarder*, dit Joan Simpson. À *écouter*. Il s'agit de feuilletons radio, pas de télé. »

Joe ne répondit pas. Il n'y avait rien à dire.

Un des technocrates déclara : « Miss Simpson, il faut tout faire pour rendre sa santé mentale à Monsieur Ordinateur. Voilà qu'il fabrique des centaines de milliers de Polly, à présent.

— De "Polly" ? » s'étonna Joan Simpson ; puis son expression chaleureuse s'éclaira. Elle se souvenait. « Ah, oui. Sa petite fiancée quand il était enfant.

— Monsieur Craignos, dit à Joe un des hommes en blanc. C'est parce que vous n'aimez pas la vie que Monsieur Ordinateur est devenu dingue. Pour le ramener à la normale, il faut d'abord vous soigner *vous*. » Il demanda à Joan Simpson : « C'est bien ça ? »

Elle acquiesça, alluma une cigarette puis se laissa aller en arrière, l'air songeur. « Alors ? fit-elle enfin. Que faudrait-il pour vous reprogrammer, Joe ? Pour que vous ayez envie de vivre, et non de mourir ? Le syndrome abréactif de Monsieur Ordinateur est directement lié au vôtre. Il a l'impression d'avoir manqué à ses devoirs envers le monde parce que, en examinant l'index croisé des humains qui comptent pour lui, il a découvert que vous...

— Qui *comptent* pour lui ? s'étonna Joe Craignos. Vous voulez dire que Monsieur Ordinateur m'aime bien ?

— Disons qu'il prend soin de vous, expliqua l'un des technocrates.

— Attendez. » Joan Simpson examina attentivement Joe Craignos. « Vous avez réagi à l'expression : “qui comptent pour lui”. Comment l'avez-vous interprétée ? »

Il répondit avec difficulté : « J'ai compris qu'il m'aimait bien. Dans ce sens-là.

— Je vais vous poser une question, reprit Joan Simpson en écrasant sa cigarette pour en allumer une autre. Avez-vous l'impression que vous ne comptez aux yeux de personne, Joe ?

— C'est ce que disait ma mère.

— Et vous l'avez crue ?

— Oui », opina-t-il.

Joan Simpson éteignit sa cigarette. « Ma foi, Lintello, déclara-t-elle d'une voix calme et assurée, il n'y aura plus de feuilletons radiophoniques pour me piailler dans les oreilles. Je ne retournerai pas au centre de la Terre. C'est fini, messieurs. Je suis désolée, mais c'est comme ça.

— Vous allez laisser Monsieur Ordinateur sombrer dans la folie alors que...

— Au contraire, je vais le guérir, coupa Joan Simpson d'une voix unie, et ce en guérissant Joe... ainsi que moi-même », ajouta-t-elle avec un léger sourire.

Il y eut un silence.

« Très bien, dit bientôt un des deux technocrates. Nous allons vous expédier tous les deux au centre de la Terre. Vous pourrez jacasser entre vous pour l'éternité. Sauf quand il sera nécessaire de vous tirer de votre Sombrelieu pour soigner Monsieur Ordinateur. Est-ce équitable ?

— Hé, attendez », dit faiblement Joe Craignos.

Mais déjà Miss Simpson acquiesçait. « C'est équitable.

— Et mon conapt ? protesta Joe. Mon boulot ? Ma misérable petite existence telle que je suis habitué à la vivre ? »

Joan Simpson déclara : « Elle est déjà en train de changer, Joe. Tu m'as rencontrée.

— Moi qui vous croyais vieille et moche, s'exclama Joe. Je ne me doutais pas...

— L'univers fourmille de surprises », dit Joan Simpson en lui ouvrant grands les bras.

Étranges souvenirs de mort

Titre original :
STRANGE MEMORIES OF DEATH

paru dans Interzone, *été 1984.*

En me réveillant ce matin, j'ai senti le froid d'octobre dans l'appartement, comme si les saisons comprenaient le calendrier. De quoi avais-je rêvé ? De je ne sais quelles chimères, d'une femme que j'avais aimée. Quelque chose me déprimait. Petite introspection. En fait, tout allait bien ; un mois agréable s'annonçait. Pourtant, je sentais le froid.

Ah, c'est vrai, ai-je pensé. *C'est aujourd'hui qu'on expulse Madame Javel.*

Personne n'aime Madame Javel. Elle est complètement folle. Personne ne l'a jamais entendue prononcer un mot et elle se refuse à vous regarder. Parfois, quand vous descendez l'escalier et qu'elle monte, elle fait demi-tour sans rien dire, bat en retraite et prend l'ascenseur. Tout le monde sent bien sa Javel. Des horreurs magiques contaminent son appartement, semble-t-il, alors elle recourt à la Javel. Bon sang ! En préparant le café je me dis : *Peut-être que le propriétaire l'a déjà expulsée, à l'aube, pendant que je dormais. Que je me berçais de chimères inspirées par une femme que j'aimais et qui m'a plaqué.* Bien sûr. Je rêvais de la détestable Dame Javel et des autorités, sur le pas de sa porte, à cinq heures du matin. Le nouveau propriétaire est une grosse agence immobilière. Ils feraient forcément ça à l'aube.

Madame Javel se cache dans son appartement, elle sait qu'octobre est là, le 1er octobre, qu'on va faire irruption chez elle et la jeter à la rue avec ses affaires. Et là, est-ce qu'elle va enfin parler ? Je l'imagine acculée au mur, silencieuse. Mais ce n'est pas aussi simple. Al Newcum, le représentant d'Orange-Sud Immobilier, m'a dit que Madame Javel était allée trouver l'Assistance judiciaire. C'est une mauvaise nouvelle : ça fout en l'air tout ce qu'on aurait pu faire pour elle. Elle est folle, mais pas assez. Si l'on pouvait prouver qu'elle ne comprend pas la situation, le département de Santé mentale du comté d'Orange pourrait se faire son avocat et expliquer à Orange-Sud Immobilier qu'on ne peut légalement expulser une personne qui n'est pas en possession de toutes ses facultés. Pourquoi a-t-il fallu qu'elle aille trouver l'Assistance judiciaire ?

Il est neuf heures du matin. Je pourrais descendre au bureau des ventes et demander à Al Newcum si on a déjà chassé Madame Javel ou bien si, terrée dans son appartement, elle attend en silence. Si on l'expulse, c'est parce que l'immeuble, constitué de cinquante-six unités, a été converti en copropriété. Pratiquement tout le monde a déménagé depuis que nous avons été légalement avertis, il y a quatre mois. Vous avez cent vingt jours pour quitter ou bien acheter votre appartement, Orange-Sud Immobilier participant à vos frais de déménagement à concurrence de deux cents dollars. C'est la loi. Vous avez aussi un droit de préemption sur l'appartement que vous louez actuellement. Moi, j'achète le mien. Je reste. Pour cinquante-deux mille dollars, il faut que je sois là au moment où on expulse Madame Javel, qui est folle et ne dispose pas de cinquante-deux mille dollars. Je regrette de ne pas avoir déménagé.

Je descends au distributeur automatique de journaux pour acheter le *Los Angeles Times*. Une fille qui a tiré sur une cour pleine d'enfants « parce qu'elle n'aimait pas le lundi » plaide coupable. Elle sera bientôt mise en liberté surveillée. Si elle a pris un revolver et tiré sur les élèves, c'est parce qu'elle n'avait simplement rien d'autre à faire. Or on est aujourd'hui lundi ; elle passe en jugement un lundi, le jour qu'elle déteste, justement. N'existe-t-il donc aucune limite à la démence ? Je m'interroge à mon propre sujet. D'abord, je doute que mon appartement vaille cinquante-deux mille dollars. Si je reste, c'est à la fois parce que j'ai peur de déménager — peur de la nouveauté, du changement — et parce que je suis paresseux. Non, ce n'est pas ça. J'aime cet immeuble et je vis à proximité d'amis et de magasins auxquels je suis attaché. J'habite ici depuis trois ans et demi. C'est un bel immeuble, solide, avec un portail de sécurité et des serrures inviolables. J'ai deux chats qui apprécient le patio enclos ; ils peuvent sortir sans craindre les chiens. Sans doute me considère-t-on comme l'Homme aux chats. Donc, tout le monde est parti sauf Madame Javel et l'Homme aux chats.

Ce qui me tracasse, c'est que la seule différence entre Madame Javel — qui est folle — et moi-même, je le sais, c'est l'argent déposé sur mon compte-épargne. L'argent est le sceau officiel de santé mentale. Madame Javel a peut-être peur de déménager. Elle est comme moi. Elle veut simplement rester là où elle vit depuis des années, et faire ce qu'elle a l'habitude de faire. Elle se sert beaucoup des machines à laver de la buanderie commune ; elle ne cesse de laver et de faire passer ses vêtements au séchoir. C'est là que je la rencontre : j'entre dans la buanderie et elle se tient là, près des machines, pour s'assurer que personne ne lui vole son linge. Pourquoi refuse-t-elle de me regarder ? S'obstiner ainsi à détourner la tête... ça sert à quoi ? Je perçois de la haine. Elle hait tous les êtres humains. Mais réfléchissons un peu à sa situation : ceux qu'elle hait s'apprêtent à la cerner. Quelle peur elle doit éprouver ! Elle regarde autour d'elle, dans son appartement, en attendant les coups frappés à la porte ; ses yeux se portent sur la pendule et elle comprend !

Au nord d'ici, à Los Angeles, la conversion d'unités locatives en copropriétés a été efficacement bloquée par le conseil municipal. Les locataires ont gagné. C'est une grande victoire, mais cela n'aide pas Madame Javel. Car ici, on est dans le comté d'Orange. L'argent fait la loi. Les très pauvres vivent à l'est de chez moi : les Mexicains dans leur Barrio. Parfois, quand notre portail de sécurité s'ouvre pour admettre des voitures, les femmes chicano se précipitent avec des paniers de linge sale ; elles veulent utiliser nos machines à laver, n'en possédant pas elles-mêmes. Les anciens locataires s'en offusquaient. Quand on a ne serait-ce qu'un peu d'argent — assez pour habiter un immeuble moderne, sécurité totale garantie, avec le tout électrique —, on s'offusque beaucoup.

Bon, il faut que je voie si Madame Javel a déjà été expulsée. On ne peut pas le savoir en regardant sa fenêtre ; les rideaux sont toujours tirés. Je descends donc au bureau des ventes pour me renseigner auprès d'Al. Mais il n'est pas là ; le bureau est fermé. Je me rappelle alors qu'il s'est envolé ce week-end pour Sacramento afin de se procurer certains documents officiels essentiels que l'administration a égarés. Il n'est pas encore revenu. Si Madame Javel n'était pas folle, je pourrais frapper à sa porte, lui parler ; comme ça, je pourrais savoir. Mais c'est là précisément le nœud de la tragédie ; si on frappe, elle aura peur. Telle est sa situation. Tel est son mal. Alors je reste à côté de la fontaine que les promoteurs ont construite, j'admire les bacs à fleurs qu'ils ont fait installer... ils ont vraiment donné belle allure à l'immeuble. Avant, il ressemblait à une prison. Maintenant, c'est devenu un jardin. Les promoteurs ont dépensé beaucoup d'argent pour faire repeindre, pour tout paysager et finalement pour restructurer l'entrée. De l'eau, des fleurs, des portes-fenêtres... et Madame Javel silencieuse dans son appartement, attendant qu'on frappe.

Peut-être pourrais-je scotcher un mot sur sa porte. Quelque chose comme :

Madame, je compatis devant votre situation et j'aimerais vous aider.

Si vous désirez que je vous aide, j'habite au-dessus, appartement C-1.

Comment signerais-je ? « Un compagnon de démence », peut-être. Un compagnon de folie ayant cinquante-deux mille dollars, qui habite ici légalement alors que vous êtes, au regard de la loi, une squatteuse. Depuis minuit. Même si hier encore, vous étiez autant chez vous que moi chez moi.

Je remonte avec l'idée d'écrire une lettre à la femme que j'ai jadis aimée et dont j'ai rêvé la nuit dernière. Toutes sortes de phrases me passent par la tête. Je vais recréer la relation évanouie en une seule lettre. Tel est le pouvoir de mes mots.

Quelle connerie. Elle est partie pour toujours. Je n'ai même pas son adresse actuelle. Laborieusement, je pourrais retrouver sa trace par l'intermédiaire d'amis communs, mais pour dire quoi ?

Ma chérie, je suis enfin revenu à la raison. Je me rends parfaitement compte de tout ce que je te dois. Étant donné la brièveté de la période que nous avons passée ensemble, tu as plus fait pour moi que quiconque dans toute mon existence. Il est évident que j'ai commis une erreur désastreuse. Pourrions-nous dîner ensemble ?

Alors que je répète mentalement cette hyperbole, l'idée me vient que ce serait horrible mais drôle si j'écrivais cette lettre et que je la colle par erreur ou délibérément sur la porte de Madame Javel. La réaction ! Bon sang ! Cela la tuerait ou la guérirait ! En attendant, je pourrais écrire à mon amour enfui, *die ferne Geliebte*, comme suit :

Madame, vous êtes complètement cinglée. Tout le monde est au courant à des kilomètres à la ronde. Votre problème vient de vous. Faites votre valise, foutez le camp, reprenez-vous, empruntez de l'argent, engagez un meilleur avocat, achetez un revolver, flinguez toute une cour de récréation. Si je peux vous aider, j'habite l'appartement C-1.

Il se peut que la fâcheuse situation de Madame Javel soit drôle et que je sois trop déprimé par l'automne pour m'en apercevoir. Peut-être y aura-t-il quelque chose de bien au courrier aujourd'hui ; après tout, il n'y a pas eu de distribution hier. Je vais recevoir deux jours de courrier aujourd'hui. Ça me remontera le moral. Ce qui se passe, en fait, c'est que je m'apitoie sur moi-même ; on est aujourd'hui lundi et, comme la fille qui plaide coupable au tribunal, je déteste le lundi.

Brenda Spenser plaide coupable alors qu'elle est accusée d'avoir tiré sur onze personnes, dont deux sont mortes. Elle a dix-sept ans, elle est petite, rousse et très jolie ; elle porte des lunettes et a l'air d'une enfant, un de ces enfants sur lesquels elle a tiré. Il me vient à l'esprit que Madame Javel a peut-être un revolver chez elle, idée qui aurait dû me venir il y a longtemps. Peut-être y a-t-on songé chez Orange-Sud Immobilier. Peut-être est-ce pour cette raison que le bureau d'Al Newcum est fermé aujourd'hui ; il n'est pas à Sacramento, il se cache. D'ailleurs, il peut très bien se cacher à Sacramento, faisant ainsi d'une pierre deux coups.

Un excellent thérapeute que j'ai connu autrefois m'a fait remarquer un jour que, dans la quasi-totalité des cas, le psychotique criminel qui passe à l'acte néglige l'autre terme de l'alternative, pourtant plus à sa portée. Par exemple, Brenda Spenser aurait pu aller au supermarché du coin acheter un carton de lait chocolaté au lieu de tirer sur onze personnes, pour la plupart des enfants. Le psychotique choisit en fait la voie la plus difficile ; il force sa volonté. Il n'est pas vrai qu'il choisisse la ligne de moindre résistance : c'est ce qu'il croit *lui*. C'est là, précisément, que réside son erreur. Bref, à la base de la psychose gît l'incapacité chronique de discerner la porte de sortie la plus évidente. Tout le comportement, tout ce qui constitue l'activité psychotique, le mode de vie psychotique, découle de ce déficit de perception.

Dans la solitude et le silence de son appartement aseptisé, à attendre le moment fatidique où l'on viendra frapper à sa porte, Madame Javel a tout fait pour se placer dans la situation la plus difficile possible. Ce qui était facile, elle en a fait quelque chose d'ardu. Ce qui était ardu, elle l'a transmué en quelque chose d'impossible, et c'est là que s'achève le mode de vie psychotique : lorsque l'impossible se rapproche dangereusement et qu'il ne reste plus aucune option, même difficile. Voilà qui complète ma définition de la psychose : l'issue est sans issue. Alors le psychotique se fige. Je ne sais pas si vous avez déjà vu cela, mais c'est impressionnant. L'individu se bloque comme un moteur qui a calé. Cela arrive tout d'un coup. Il était en mouvement — les pistons allaient et venaient à toute allure —, tout d'un coup il devient un bloc inerte. C'est parce que pour lui le chemin s'est arrêté net, ce chemin sur lequel il s'était probablement engagé des années plus tôt. La mort cinétique. « D'assiette, point, écrivait saint Augustin. Nous allons en arrière et en avant, et il n'est point d'assiette. » Survient l'arrêt et il n'y a plus que l'assiette.

Madame Javel, elle, s'est piégée elle-même dans son propre appartement, sauf que ce n'était plus son appartement. Elle a trouvé un lieu où mourir psychologiquement, sur quoi Orange-Sud Immobilier le lui a enlevé. On lui a volé sa propre tombe.

Je ne peux m'ôter de l'esprit que mon destin est lié au sien. Ce qui nous distingue, c'est une donnée fiscale dans l'ordinateur de la Mutuelle d'Épargne, et c'est là une distinction mythique, valable uniquement tant que les individus genre Orange-Sud Immobilier — *surtout* Orange-Sud Immobilier — veulent bien lui reconnaître une certaine réalité. Ce n'est rien de plus qu'une convention sociale, comme de porter des chaussettes assorties. D'un autre côté, c'est comme la valeur de l'or. Un objet de consensus ; comme quand les enfants jouent au base-ball : « On dirait que cet arbre est la troisième base. » Imaginez que ma télévision ne marche que parce que mes amis et moi en avons décidé ainsi. Dans ce cas, nous pourrions fixer indéfiniment un écran noir. Et en ce sens, on peut dire que l'erreur de Madame Javel est de ne pas avoir fait bloc avec nous, de ne pas avoir adhéré au consensus. Un contrat tacite et sous-jacent existe, auquel Madame Javel n'a pas souscrit. Cependant, je reste stupéfait de constater qu'en se révélant incapable de s'associer à une entente aussi manifestement puérile et irrationnelle, on se dirige inévitablement vers la mort cinétique, l'immobilisation totale de l'organisme.

En suivant un tel raisonnement, on pourrait dire que Madame Javel n'a pas réussi à être une enfant. Elle est trop adulte. Elle n'a pas pu ou pas voulu participer au jeu. L'élément dominant, dans sa vie, est la sévérité. Elle ne sourit jamais. On ne l'a jamais vue faire autre chose que jeter des regards noirs sans viser personne en particulier.

Ou alors son jeu est encore plus sinistre ; peut-être est-ce un combat, auquel cas elle a à présent ce qu'elle a voulu, même si elle est en train de perdre. C'était au moins une situation qu'elle comprenait, Orange-Sud Immobilier était entré dans l'univers de Madame Javel. Si ça se trouve, être squatteuse plutôt que locataire, voilà qui la satisfaisait. Peut-être faisons-nous secrètement en sorte que certaines choses nous arrivent. Dans ce cas, le psychotique provoque-t-il au bout du compte sa propre mort cinétique, son cul-de-sac personnel ? Joue-t-il pour perdre ?

Je n'ai pas vu Al Newcum ce jour-là, mais le lendemain ; il était revenu de Sacramento et avait rouvert son bureau.

« Est-ce que la dame du B-15 est toujours là ? lui ai-je demandé. Ou l'avez-vous expulsée ?

— Mrs. Archer ? Elle a déménagé l'autre matin. L'Assistance au logement de Santa Ana lui a trouvé quelque chose à Bristol. » Il s'est laissé aller en arrière dans son fauteuil pivotant et a croisé les jambes ; son pantalon, comme toujours, arborait un pli impeccable. « Elle était allée les trouver il y a une quinzaine de jours.

— Un appartement dans ses moyens ?

— Ils la prennent en charge. Ils paient son loyer ; elle les a convaincus. C'est un cas social.

— Bon sang, j'aimerais bien que quelqu'un paie mon loyer, moi.

— Mais vous ne payez pas de loyer, a répliqué Newcum, puisque vous êtes en train d'acheter votre appartement. »

DU MÊME AUTEUR

Aux Éditions Gallimard

LA FILLE AUX CHEVEUX NOIRS (Folio Science-Fiction n° 87)
MINORITY REPORT (Folio Science-Fiction n° 109)

Aux Éditions Denoël

Dans la collection Lunes d'encre

NOUVELLES (1947-1953)
NOUVELLES (1953-1981)
LA TRILOGIE DIVINE

Dans la collection Présence du futur

SUBSTANCE MORT (Folio Science-Fiction n° 25)
DEUS IRAE (*en collaboration avec Roger Zelazny* — Folio Science-Fiction n° 39)
L'ŒIL DE LA SIBYLLE (Folio Science-Fiction n° 123)
LE VOYAGE GELÉ
AU SERVICE DU MAÎTRE
SOUVENIR
UN AUTEUR ÉMINENT
DERRIÈRE LA PORTE
LE GRAND O
LE CRÂNE

Aux Éditions J'ai lu

LE MAÎTRE DU HAUT CHÂTEAU
DR BLOODMONEY
MESSAGE DE FROLIX 8
BLADE RUNNER
LE DIEU VENU DU CENTAURE
LES CLANS DE LA LUNE ALPHANE

À REBROUSSE-TEMPS
LE TEMPS DÉSARTICULÉ
LOTERIE SOLAIRE

En Omnibus

LA PORTE OBSCURE
AURORE SUR UN JARDIN DE PALMES
DÉDALES SANS FIN
SUBSTANCE RÊVE

Aux Éditions 10/18

COULEZ MES LARMES, DIT LE POLICIER
AU BOUT DU LABYRINTHE
L'ŒIL DANS LE CIEL
LA VÉRITÉ AVANT-DERNIÈRE
MENSONGE ET CIE
UBIK
MON ROYAUME POUR UN MOUCHOIR
LA BULLE CASSÉE
DANS LE SECTEUR DE MILTON LUMKY
TOTAL RECALL
LE PÈRE TRUQUE
PORTRAIT DE L'ARTISTE EN JEUNE FOU

Aux Éditions Joëlle Losfeld

HUMPTY DUMPTY À OAKLAND
L'HOMME DONT TOUTES LES DENTS ÉTAIENT SEMBLABLES

Dans la même collection

47.	Maurice G. Dantec	*Babylon Babies*
48.	René Barjavel	*Le Diable l'emporte*
49.	Bruce Sterling	*Mozart en verres miroirs*
50.	Thomas M. Disch	*Sur les ailes du chant*
51.	Isaac Asimov	*Terre et Fondation*
52.	Douglas Adams	*La Vie, l'Univers et le Reste*
53.	Richard Matheson	*Je suis une légende*
54.	Lucius Shepard	*L'aube écarlate*
55.	Robert Merle	*Un animal doué de raison*
56.	Roger Zelazny	*Les Cours du Chaos*
57.	André-François Ruaud	*Cartographie du merveilleux*
58.	Bruce Sterling	*Gros Temps*
59.	Laurent Kloetzer	*La voie du cygne*
60.	Douglas Adams	*Salut, et encore merci pour le poisson*
61.	Roger Zelazny	*Les Atouts de la Vengeance*
62.	Douglas Adams	*Globalement inoffensive*
63.	Robert Silverberg	*Les éléphants d'Hannibal*
64.	Stefan Wul	*Niourk*
65.	Roger Zelazny	*Le sang d'Ambre*
66.	Orson Scott Card	*Les Maîtres Chanteurs*
67.	John Varley	*Titan (La trilogie de Gaïa I)*
68.	André Ruellan	*Mémo*
69.	Christopher Priest	*La Machine à explorer l'Espace*
70.	Robert Silverberg	*Le nez de Cléopâtre*
71.	John Varley	*Sorcière (La trilogie de Gaïa II)*
72.	Howard Waldrop	*Histoire d'os*
73.	Herbert George Wells	*La Machine à explorer le Temps*
74.	Roger Zelazny	*Le signe du Chaos*

75.	Isaac Asimov	*Les vents du changement*
76.	Norman Spinrad	*Les Solariens*
77.	John Varley	*Démon (La trilogie de Gaïa III)*
78.	Roger Zelazny	*Chevalier des ombres*
79.	Fredric Brown	*Fantômes et farfafouilles*
80.	Robert Charles Wilson	*Bios*
81.	Walter Jon Williams	*Sept jours pour expier*
82.	Roger Zelazny	*Prince du Chaos*
83.	Isaac Asimov	*Chrono-minets*
84.	H. P. Lovecraft	*Je suis d'ailleurs*
85.	Walter M. Miller Jr.	*Un cantique pour Leibowitz*
86.	Michael Bishop	*Requiem pour Philip K. Dick*
87.	Philip K. Dick	*La fille aux cheveux noirs*
88.	Lawrence Sutin	*Invasions divines*
89.	Isaac Asimov	*La fin de l'Éternité*
90.	Mircea Cărtărescu	*Orbitor*
91.	Christopher Priest	*Le monde inverti*
92.	Stanislas Lem	*Solaris*
93.	William Burroughs	*Le festin nu*
94.	William Hjortsberg	*Angel Heart* (Le sabbat dans Central Park)
95.	Chuck Palahniuk	*Fight Club*
96.	Steven Brust	*Agyar*
97.	Patrick Marcel	*Atlas des brumes et des ombres*
98.	Edgar Allan Poe	*Le masque de la Mort Rouge*
99.	Dan Simmons	*Le Styx coule à l'envers*
100.	Joe Haldeman	*Le vieil homme et son double*
101.	Bruce Sterling	*Schismatrice +*
102.	Roger Zelazny et Fred Saberhagen	*Engrenages*

103. Serge Brussolo — *Boulevard des banquises*
104. Arthur C. Clarke — *La cité et les astres*
105. Stefan Wul — *Noô*
106. Andrew Weiner — *En approchant de la fin*
107. H. P. Lovecraft — *Par-delà le mur du sommeil*
108. Fredric Brown — *L'Univers en folie*
109. Philip K. Dick — *Minority Report*
110. Bruce Sterling — *Les mailles du réseau*
111. Norman Spinrad — *Les années fléaux*
112. David Gemmell — *L'enfant maudit* (Le Lion de Macédoine, I)
113. David Gemmell — *La mort des Nations* (Le Lion de Macédoine, II)
114. Michael Moorcock — *Le Chaland d'or*
115. Thomas Day — *La Voie du Sabre*
116. Ellen Kushner — *Thomas le rimeur*
117. Peter S. Beagle — *Le rhinocéros qui citait Nietzsche*
118. David Gemmell — *Le Prince Noir* (Le Lion de Macédoine, III)
119. David Gemmell — *L'Esprit du Chaos* (Le Lion de Macédoine, IV)
120. Isaac Asimov — *Les dieux eux-mêmes*
121. Alan Brennert — *L'échange*
122. Isaac Asimov — *Histoires mystérieuses*
123. Philip K. Dick — *L'œil de la Sibylle*

À paraître :

124. Douglas Adams — *Un cheval dans la salle de bain*
125. Douglas Adams — *Beau comme un aéroport*
126. Sylvie Denis — *Jardins virtuels*

Composition I.G.S.
Impression Société Nouvelle Firmin-Didot.
à Mesnil-sur-l'Estrée, le 10 décembre 2002.
Dépôt légal : décembre 2002.
Numéro d'imprimeur : 61923.

ISBN 2-07-042681-5/Imprimé en France.

20482